…und nahm die Schätze aus dem Hause des Herrn

1. Kön. 14,26

Bibliografische Information der Deutschen Nationalbibliothek:
Die Deutsche Nationalbibliothek verzeichnet diese Publikation in der Deutschen Nationalbibliografie; detaillierte bibliografische Daten sind im Internet über http://dnb.dnb.de abrufbar.

Text Copyright © 2015 Margrit Peschutter
Alle Rechte vorbehalten.

Umschlagsgestaltung: Hilly Gosch

Herstellung und Verlag: BoD – Books on Demand

ISBN: 9783738615869

Gewidmet
meiner Tochter Julia
– 1976 – 2006 –
und ihren Zwillingen
Hannah und Juliana.

Margrit Peschutter, geb.1949 in Hamburg, lebt seit Ende 2008 in Kappeln an der Schlei, einer der schönsten Städte Schleswig-Holsteins. Sie ist gelernte Buchhändlerin, arbeitete zeitweise als Praedikantin auf der Insel Helgoland. Nach ihrer Rückkehr nach Kappeln schrieb sie ihr erstes Buch, dem weitere folgen sollen.

Zum Inhalt:

Das Buch ist eine Mischung aus Jugendbuch und Krimi mit Lokalkolorit. Szenen, in denen Menschen gequält werden, gibt es nicht. Der Leser erlebt Leanders Zeit als „Kappler Jung" mit, der mit seinen Freunden einen Corpus Christi findet, dazu eine Pergamentrolle, die er für sich behält und auf dem alten Friedhof an der Kirche vergräbt. Dr. Magnuson, ein Schleswiger Gutachter, ahnt etwas und verfolgt Leander, der schon bald nach dem Fund mit seiner Familie Kappeln verlässt.

Das Kreuz, das heute an der Südwand der St. Nikolai-Kirche hängt, spielt eine große Rolle. Die Leser werden zurückgeführt in die Zeit der Unterdrückung und Leibeigenschaft.

Als junger Mann kehrt Leander in seine Heimatstadt Kappeln zurück, um den damals versteckten Schatz zu finden. Antonia hilft ihm dabei, zusammen lösen sie das Geheimnis der Pergamentrollen, die Leander als Junge vergraben hat. Endlich kann er wieder frei leben und muss keine Angst mehr haben vor Überfällen und körperlicher Gewalt durch den Gutachter.

Schatten der Vergangenheit

Im rötlichen Licht der untergehenden Sonne verschmolz die vor Leander liegende Silhouette des kleinen Städtchens Kappeln zu einer eigens entworfenen, etwas kitschigen Postkarte. Fremdartige Gebilde aus Masten und Schiffen, ein Fluss, in dem die Sonne badete, schemenhafte Häuser und die Flügel einer Windmühle überforderten die müden Augen des Autofahrers. Viele hundert Kilometer hatte er hinter sich gebracht. Sein Rücken schmerzte, der Magen verlangte sein Recht, die ganze Haltung war verkrampft.

Vor ihm wurde die Ampel rot, gerade noch rechtzeitig hielt er an. Entgeistert sah er zu, wie die Fahrspuren der neuen Schlei-Brücke in zwei Teilen in die Höhe gefahren wurden, damit die Segelschiffe mit ihren hohen Masten passieren konnten. Wie bedrohlich das aussah, diese gewaltige Wand aus Stahl und Beton: „Du kommst nicht mehr weit", schien sie ihm zu sagen und:

„Stell dich deiner Vergangenheit."

Leander schluckte und drehte den Kopf nach rechts. Aus dem neben ihm stehenden Wagen dröhnte laute Musik, Drei jüngere Männer in Lederjacken und Caps versteckten ihre Augen hinter dunklen Sonnenbrillen. Aber auch so spürte Leander, dass sie ihn ganz genau musterten. Sein

Puls wurde schneller, Angst stieg in ihm auf, kalter Schweiß trat auf seine Stirn. Der dumpfe Klang der wummernden Bässe dröhnte schmerzhaft in seinen Ohren. Hörte das denn niemals auf? Diese undefinierbare Angst, das tiefe Misstrauen anderen Menschen gegenüber, die Scheu, etwas über sich und sein Leben zu erzählen.

Seine bisherigen Beziehungen waren daran zerbrochen. Keine Frau konnte mit einem Geheimniskrämer wie ihm auf Dauer leben. Mit Annina sollte das anders werden, musste es anders werden! Um keinen Preis der Welt wollte Leander ihre Liebe aufs Spiel setzen und sie verlieren.

„Mach endlich reinen Tisch und räum dein Leben auf", hatte sie ihm gestern noch gesagt, nachdem sie sich so nah gekommen waren wie noch nie. Ihre Haare dufteten nach Frühling. Die Haut war so weich wie ein leiser Wind an der Ostsee. Ihr Mund mit den schön geschwungenen Lippen versprach reines Glück. Und auf dem Grund ihrer Augen schien das Wissen der Welt zu ruhen. Was für eine Frau!

Der Gedanke an Annina hatte in Leanders Kopf die Furcht besiegt. Das Nachbarauto störte ihn nicht mehr. Erst jetzt konnte er den Blick ein wenig nach rechts wenden, hin zum grün schimmernden Turm der Nikolaikirche, in der vor vielen Jahren alles begann…

Wie alles begann...

Drei Jungen rannten durch Kappeln. Ihr Ziel war der Fischereihafen. Wenn die Fischer ihre Netze zum Trocknen auslegten, durften sie darin nach Seesternen, Muscheln und Beifang suchen. Nur schnell mussten sie sein. Hunderte von Möwen segelten über ihren Köpfen. Ihre schrillen Schreie erfüllten die Luft. Leander zuckte zusammen und dachte an den alten Hein, dem im letzten Jahr eine Sturmmöwe ein Auge ausgehackt hatte. Das sollte ihm nicht passieren! Sein Freund Cornelius kümmerte sich nicht um die gefiederte Konkurrenz. Selbst wenn eine Möwe im Sturzflug auf ihn zu segelte und kreischend den Schnabel aufriss, lachte er nur. Gemeinsam mit Jonathan, dem dritten im Bunde, fingerte er geschickt einen Seestern aus dem Netz und warf ihn in einen alten Fischkorb. Haarscharf zischte eine Raubmöwe an seinem Kopf vorbei, um ihm den Fang wieder abzunehmen. Die Jungen amüsierten sich über ihr vergebliches Bemühen, den Kopf in die enge Öffnung des Fischkorbes zu stecken. Bald kümmerten sie sich nicht mehr um sie, sondern um das Netz, in dem sich eine Feuerqualle verfangen hatte.

„Hier, für dich" riefen sie und schnippten vorsichtig die noch leicht orange gefärbte Qualle aus dem Netz in

Richtung Möwe. Zwei Stunden verbrachten sie so, dann standen sie vom Boden auf, reckten sich und sagten:

„Tschüss, Kuddel". Cornelius warf sich den Fischkorb mit ihrer Beute auf den Rücken. Gemeinsam sprangen sie davon, ein wenig an junge übermütige Füllen erinnernd.

Die uralte und steile Treppe hinauf zur Nikolaikirche nahmen sie im Laufschritt. Vor dem Eingang zur Gruft derer von Rumohr hielten sie an und fingerten an dem mürbe aussehenden Schloss herum. Umsonst! Wieder einmal behielt der alte Rumohr das Geheimnis der Gruft für sich. In ihren Träumen hatte sich jeder von ihnen schon ausgemalt, wie es sein würde, wenn sie die Tür öffnen könnten, um die letzte Ruhestätte des alten Patrons in Augenschein zu nehmen. Bei dem Gedanken daran überlief sie eine wohlige Gänsehaut.

„Irgendwann werden wir es schaffen", meinte Jonathan, und seine beiden Freunde nickten zustimmend. Gleich darauf huschten sie durch den Haupteingang in das Innere der Kirche, die gerade renoviert wurde.

Geheimnisvoller Kirchturm

Vorsichtig und jedes Geräusch vermeidend stiegen sie die Treppe zu den Emporen hinauf. Weiter waren sie noch nie gekommen, war es doch strengstens untersagt, in den Turm zu klettern. Die Stiegen waren alt und baufällig, es konnte zu viel passieren. „Los", machten sie sich gegenseitig Mut und rüttelten zaghaft an der Tür zur nächsten Treppe, die – wie von Zauberhand bewegt – aufsprang. Mit vor Erstaunen weit geöffneten Mündern schauten sich die Freunde an. Feixend schlugen sie sich auf die Schulter – und los ging es. Stufe für Stufe stiegen sie empor, vorbei an dem gewaltigen Uhrwerk, das noch von Hand aufgezogen werden musste. Mit leuchtenden Augen blieben sie davor stehen. Sie fühlten sich wie ganze Kerle, wie große Entdecker, die der Kirche all ihre Geheimnisse entlocken würden.

Nur wenig Licht drang in das Innere des Turmes. Die nächste Stiege hinauf zu den Glocken war mehr als steil und sah wenig vertrauenswürdig aus. Sollten sie hier wirklich weiter gehen? Die Warnung des Pastors und der Kirchenältesten klang noch in ihren Ohren.

„Wer dabei ertappt wird, wenn er in den Turm steigt, wird streng bestraft." Das klang nicht nur nach einer Standpauke! Dem alten Gottesmann rutschte die Hand schnell einmal aus, wenn sie sich beim Konfirmandenunterricht oder im sonntäglichen Gottesdienst nicht so benahmen, wie er es für wünschenswert hielt. Das Trio schaute sich an. Nach und nach überzog ein breites Lachen die eben noch so nachdenklichen Gesichter der Jungen. Wie einst die drei Musketiere waren sie furchtlos, mutig und auf Abenteuer aus. Sollte sie da eine wackelige alte Stiege schrecken? Nein! Leander, Cornelius und Jonathan kletterten vorsichtig weiter, jede Stufe erst einmal prüfend. Wie drei kleine Affen hingen sie an der Treppe, als plötzlich die Glocken anfingen zu schlagen. Die erste Glocke mit ihren vier Schlägen zeigte hell tönend die volle Stunde an. Die Ohren zuhalten konnten sich die Freunde nicht; aber sie wussten, was nun passieren würde. Jeder von ihnen presste sich mit dem Oberkörper dicht an die Leiter und zog dabei den Kopf zwischen die Schultern. Nun würde kommen, was kommen musste, der zwölfmalige Schlag der großen Glocke. Keiner der Jungen lachte mehr bei den gewaltigen Schlägen der größten Glocke, die die Kappelner Bürger darauf hinwies, dass die Zeit zum Mittagessen gekommen war. Benommen richteten sich die drei Freunde wieder auf. Auch lange nachdem der letzte Schlag verhallt war, wollte der Ton nicht aus ihren Köpfen gehen. Ihre Trommelfelle waren einer überaus harten Bewährungsprobe ausgesetzt gewesen. Als Jonathan „wir gehen weiter, Freunde" rief, schrie er, so laut dröhnte der Glockenschlag in ihm nach. Cornelius und Leander nickten nur. Ohne miteinander zu reden waren sie sich einig, dass sie vor dem nächsten Läuten verschwunden sein mussten. Noch einmal konnten sie das nicht ertragen! Flink kletterten sie weiter, bald schon waren sie auf dem Glockenboden angekommen. Die Größe der Glocken schüchterte die Jungen ein. Verstohlen schauten sie sich um, bis sie nicht mehr an die Glocken oder andere Gefahren dachten. Und dann ging es los! Sie unterzogen den Glockenboden einer genauen und gründlichen Untersuchung. Das war gar nicht so einfach, da nur wenig Licht durch die kleinen Luken hereinkam. Die Zeit verging schnell, ein wenig enttäuscht wollten sie wieder gehen.

„Wartet", rief Leander plötzlich aus, „da ist doch etwas". In einem fast lichtlosen Winkel zeichnete sich unter einem Gewirr aus Papier und Stoffresten etwas Größeres ab. Ein Schatz? Aufgeregt näherten sich die drei Freunde, schlugen Stoff- und Papierreste zur Seite und schauten sich ungläubig an. Unter all dem Müll lag ein hölzerner Christus, den sie vorsichtig und ehrfürchtig bargen. Das wunderschöne Gesicht der Figur hatte einen weichen Mund. Auf den Lippen lag ein ganz leichtes Lächeln, das die

Jungen tief berührte.

„Wir haben einen Schatz gefunden", riefen sie sich gegenseitig triumphierend zu. Cornelius, der noch immer seinen Fischkorb auf dem Rücken trug, schaute zu den Glocken, dann zu seinen Freunden. Eile war geboten, denn der nächste Stundenschlag nahte. Vorsichtig wickelte er den Christus in die Stoffreste, den daneben liegenden rechten Arm steckte er in seine Tasche, nur die Hände konnten sie nicht finden.

„Nimm hin, Jonathan" sagte er und reichte ihm den Fischkorb. Mit vor Freude und Aufregung klopfenden Herzen machten sich Cornelius und Jonathan mit ihrem Fund unter dem Arm vorsichtig an den Abstieg. Leander kramte noch etwas herum und fand tatsächlich – versteckt hinter einem Dachbalken – eine alte Pergamentrolle. Verstohlen schaute er sich zu seinen Freunden um, die kaum noch zu sehen waren, und barg seinen Fund in der Innentasche seiner Jacke. Rasch lief er hinter ihnen her, ohne etwas zu verraten. Das war sein Geheimnis, sein ganz persönlicher Schatz, mit dem er vielleicht berühmt werden würde! Leander begann zu träumen…

Entdeckung

Nur wenige Sekunden vor dem nächsten Glockenschlag sprangen sie die letzte Leiterstufe hinunter und rannten auf die zweite Empore. Gerade eben ragten ihre Köpfe über die Brüstung, als sie entdeckt wurden. Die Stimme des Pastors war laut und zornig.

„Was sucht ihr da oben? Kommt sofort herunter! Ist es denn die Möglichkeit? Ihr Lausebengel, euch werde ich es zeigen", drohte er.

„Herr Pastor, wir haben etwas gefunden, eine Christusfigur, die ganz alt sein muss", schrien die Jungen mit sich überschlagenden Stimmen.

„Sofort runterkommen", donnerte der Pastor, die Knaben folgten wortlos.

Unten angekommen erwartete sie der Geistliche mit drohend erhobener Hand. Zumindest eine Ohrfeige war ihnen jetzt wohl sicher – oder...?

Schnell nahm Cornelius das Papier von ihrem Fund und legte die Christusfigur vorsichtig auf den Boden. Dem alten Gottesmann blieb der Mund offen stehen. Seine Hand sackte herab, er ging in die Knie und betrachtete die Figur. Sanft strich er mit der Hand darüber, fast so, als liebkose er den Christus.

„Wie wunderschön", murmelte er und konnte den Blick nicht abwenden. Die Augen der Jungen strahlten, ihre Gesichter überzog ein Lächeln. Stumm schauten sie sich an und warteten darauf, dass der Pastor etwas sagen würde.

„Wie wunderschön", hörten sie ihn noch einmal leise zu sich selbst sprechen. Minuten später riss er sich vom Anblick der Christusfigur los.

„Wo habt ihr IHN gefunden", wollte er wissen und fügte hinzu: „ER ist mindestens 500 Jahre alt, wahrscheinlich älter, vielleicht sogar aus der Romanik", sinnierte er.

Leander, Cornelius und Jonathan beschrieben ihm eifrig die Fundstelle. Die Aufregung des Gottesmannes hatte sich auf sie übertragen. Sie schauten sich an, dann wieder ruhten ihre Augen auf ihrem Fund.

„Ob ER wertvoll ist?" stammelten sie. Der Pastor erhob sich und schimpfte die glücklichen Finder ordentlich aus, weil sie sich über das strenge „nicht auf den Turm klettern" Verbot einfach hinweggesetzt hatten.

„So, genug, lauft nun heim und schweigt noch über euren Fund", gebot der Pastor ihnen und fügte noch hinzu: „Das habt ihr gut gemacht, Jungs"!

Die drei Freunde rannten schweigend heim. In ihren Köpfen spukten viele Fragen herum.

„Ob wir wohl einen Finderlohn bekommen?" fragte Cornelius die anderen beiden. Keine Antwort. Jeder war mit sich, seinen Fragen und Hoffnungen beschäftigt. Stumm trennten sie sich voneinander und setzten ihren Weg allein fort. Ganz für sich träumte jeder seinen eigenen Traum. Sie würden berühmt werden, darin waren sie sich einig. Vor ihnen hatte noch niemand einen Schatz in ihrer Nikolai-Kirche entdeckt.

Leander und Magnuson - Feinde fürs Leben

Zu Hause angekommen lief Leander sofort in sein Zimmer. Sorgfältig verschloss er die Tür, um nicht gestört zu werden. Seinen Eltern hatte er erzählt, dass er noch für eine Mathematikarbeit lernen musste. Den heimlichen Fund legte er behutsam auf seinen Schreibtisch. Vorsichtig entrollte er die Pergamentrolle, in der etliche Bögen verborgen waren.

Das Papier war an manchen Stellen mürbe, kleine Stockflecken erinnerten an das Alter. Die saubere und deutliche Schrift konnte Leander leider nicht lesen.

„Wahrscheinlich ist es Latein oder Griechisch", mutmaßte er. Was mochte der Schreiber in seiner schönsten Schrift da niedergelegt haben? Ob es ein Mönch gewesen war, der sorgfältig ein Geheimnis aufgeschrieben hatte? Und wie alt war das Papier wohl? Leander überlegte aufgeregt, was er mit der Schriftrolle tun würde. Eigentlich gehörte sie ja nicht ihm, sondern der Kirche. Sollte er sie abliefern? Aber was würde der Pastor dazu sagen? Er würde ihm nicht glauben, wenn er behaupten würde, sie einfach vergessen zu haben! Das roch nach Ärger, nach viel Ärger!

Keinem der Bögen konnte Leander ihr Geheimnis entlocken. Nur eine winzige Windrose erregte seine Aufmerksamkeit. Sie zeigte „Nord, Nordost" an. Leander überlegte, vielleicht konnte er ja dieses Rätsel lösen. „Nord, Nordost" bedeutete oft Sturm, also Gefahr. Wer oder was war nur in so großer Gefahr gewesen, dass ein Mensch es niederschrieb und es – so gut er nur konnte – versteckte? In diesem Augenblick schwor sich Leander, das Rätsel der Schriftrollen allein zu lösen, koste es, was es wolle! Auf geheimnisvolle Art fühlte er sich mit dem unbekannten Schreiber verbunden.

Auch am nächsten Tag erzählte Leander weder dem Pastor noch seinen Freunden von dem Fund. Die Christusfigur hatte schon für genug Aufregung gesorgt! Ein Gutachter vom Landeskirchenamt war dabei, die Figur zu untersuchen, als die drei Freunde in die Kirche kamen. Bescheiden blieben sie im Hintergrund stehen, ließen sich aber kein Wort von der Unterhaltung entgehen. Leider verstanden sie nicht, was der Pastor und der Gutachter miteinander zu besprechen hatten. Ob es dabei wohl um ihren Finderlohn ging?

„Hallo", rief der Gutachter den Jungen zu. „Habt ihr diesen Schatz gefunden? Meinen Glückwunsch!"
Nacheinander gab er den Freunden die Hand. Leander mochte den schlaffen Händedruck nicht, auch nicht den stechenden Blick des Mannes.

„Könnt ihr mir die Stelle zeigen, wo ihr den Fund gemacht habt?" fragte er. Cornelius, Jonathan und Leander ließen sich das nicht zweimal sagen. Verstohlen auf die Uhr schauend baten sie den Gutachter um etwas Eile.

„Wir müssen in den Glockenturm", sagten sie und:

„Wenn die Glocken schlagen und sie darunter stehen, ist es wie beim Jüngsten Gericht, also müssen wir schnell machen oder warten, bis die nächste Stunde beginnt." Jonathan schaute den Geistlichen treuherzig an und meinte:

„Das stimmt doch so mit dem Jüngsten Gericht? Da haut Jesus ordentlich auf die Pauke, damit wir Menschen verstehen, was wir alles falsch gemacht und wo wir gesündigt haben – oder?"
Der Pastor nickte und meinte lachend:

„Na, ganz so ist es nicht, aber du hast zumindest

im Vorkonfirmandenunterricht etwas verstanden. Und die lauten Glockenschläge mahnen euch hier auf der Erde, nicht wieder etwas Verbotenes zu tun! Verstanden?"

Die drei Freunde antworteten lieber nicht. Sie rannten los, immer zwei Stufen auf einmal nehmend. Sowohl dem Gutachter als auch dem Pastor blieb die Luft weg, noch bevor sie die zweite Empore erreicht hatten. Schnaubend hielten sie inne. Nach Luft ringend rief der Gutachter den Jungen zu: „Nicht so schnell! Eine solche Kletterei sind wir ja nicht mehr gewöhnt."

Als ihr Puls wieder ruhig ging, setzten sie den Weg fort. Manchmal knackten die Stufen der hölzernen Stiege unter dem Gewicht der beiden Männer.

„Wir müssen nacheinander gehen, Dr. Magnuson", entschied der Pastor auf dem Uhrenboden, „sonst bricht die alte Leiter."

Völlig außer Atem erreichten die beiden Männer lange nach den Jungen den Glockenboden.

„Hier haben wir IHN gefunden", zeigten die Jungen auf den Wust aus altem Papier. Sorgfältig untersuchten der Gutachter und der Pastor die Papiere und fanden tatsächlich noch einen Fetzen Pergament, den sie aufgeregt entzifferten. „Nord, Nordost, sucht Schatz und Geschichte, Gefahr für Leib und Leben. Kirche gebrandschatzt, Christus geborgen!" Ratlos schauten die beiden Männer sich an.

„Was bedeutet das?", fragte der Pastor. „Ist hier noch mehr versteckt; vielleicht etwas über den Christus oder ein Schatz?" Die Aufregung der Männer übertrug sich auf die Jungen.

„In welcher Sprache ist das geschrieben", wollte Jonathan wissen. Leanders Herz schlug immer schneller. Was hatte er nur getan?! Hoffentlich kam man ihm nicht auf die Schliche. Er würde wie ein Dieb dastehen, und das war er ja auch. Leander schämte sich, doch die Furcht vor Strafe war zu groß, als dass er etwas von seinem Fund verraten hätte.

„Das hier ist Latein, die Sprache der Gelehrten", antwortete der Gutachter auf Jonathans Frage etwas herablassend und strich vorsichtig über das Pergament.

„Und ihr habt sonst nichts gefunden?" nahm der Pastor die drei Freunde ins Gebet. Sie verneinten vehement, und auch Leander behielt seine Gesichtszüge unter Kontrolle. Frei und offen schaute er die Männer an.

„Lasst uns noch einmal alles genau absuchen", befahl der Geistliche und schaute auf seine Uhr.

„Wir haben vierzehn Minuten Zeit, dann müssen wir von hier verschwinden. Ich jedenfalls möchte nicht unter den Glocken stehen, wenn sie schlagen."

Eilig gingen sie ans Werk und fanden nichts. Enttäuscht rief der Pastor zum Aufbruch, alle fünf machten sich an den Abstieg. Unten angekommen trennten sie sich voneinander, die Jungen liefen fröhlich davon. Nur der Gutachter, Dr. Magnuson, schaute ihnen zweifelnd hinterher und begegnete Leanders Blick, der sich noch einmal umdrehte.

„Da ist doch was" murmelte er und „na warte, Bürschchen, du verheimlichst uns doch etwas! Notfalls werde ich es aus dir heraus prügeln, darauf kannst du dich verlassen!"

Gefährliche Papiere

…Leander fuhr weiter. Der Junge von damals war nicht mehr zu erkennen. Er hatte sich naturgemäß stark verändert. Seit vielen Jahren war Angst sein täglicher Begleiter. Schon damals hatte ihm der Gutachter nicht geglaubt. Er hätte sich nicht nach ihm umschauen dürfen, noch immer dieses leise triumphierende Lächeln im Gesicht. Er wusste noch ganz genau, wie er nach Hause gekommen war und krampfhaft überlegte, wo er seinen Fund verbergen konnte. Sein Zimmer war nicht sicher, das Haus wohl auch nicht. Wohin, um Himmels Willen, wohin mit dem Schatz? Schließlich hatte er seinen kostbaren Fund in ein Stück von einer alten Wachsdecke eingeschlagen und in eine große hohe Dose getan. Aus der Garage nahm er eine Gartenschaufel, die er – genau wie die Dose mit den Dokumenten – in seine Sporttasche tat. Leander verließ das Haus.

„Viel Spaß", rief ihm seine Mutter noch nach. Sie war sich ganz sicher, dass er mit Cornelius und Jonathan Fußball spielen wollte. Damals war er zur Kirche gerannt, hatte furchtsam um sich geschaut. Auf dem alten Friedhof buddelte er einige Meter neben dem Eingang zur Gruft derer von Rumohr ein Loch. Dabei schnaufte er vor Anstrengung. Immer wieder blickte er sich scheu um. Erst als er sicher war, dass ihn niemand sehen konnte, legte er die Dose in das Loch, warf die Erde wieder rein und stampfte alles schön fest. Mit Trippelschritten zählte er genau aus, wo die Dose verborgen war. Zum Schluss fegte er mit einem belaubten Kastanienzweig über den Boden und warf faule Blätter darauf. So konnte niemand denken, dass hier etwas versteckt worden war.

Eilig klopfte er den Schmutz von seiner Hose, packte die Schaufel in seine Sporttasche und rannte zur alten Treppe, die zum Hafen führte. Gerade hatte er die ersten Stufen genommen, als er hörte:

„Hallo, Leander, was machst du denn hier?"

Leander zuckte zusammen, die Stimme kannte er doch, das war der Gutachter. Sich zur Ruhe zwingend drehte er sich um.

„Moin, Moin, ich nehme immer diese Abkürzung, wenn ich Cornelius und Jonathan treffe, um Fußball zu spielen. Außerdem laufen gleich die Fischkutter ein, da sammeln wir Seesterne und Muscheln aus den Netzen." Freundlich lächelnd schaute er dem Gutachter direkt und frei in die Augen, sagte „Tschüss denn" und verschwand. Puh, das war knapp gewesen...

Noch heute fühlte Leander die Bäche von Schweiß, die ihm damals den Rücken herunter gelaufen waren. Die Angst wich später dem Hochgefühl, den Gutachter reingelegt zu haben. Leander lachte, pfiff fröhlich, laut und falsch und rannte zu seinen Freunden, die schon auf ihn warteten. Vom Gekreische der Möwen begrüßt verdrängte er alles, was mit seinem Diebstahl zusammenhing. „Diebstahl", was für ein großes Wort für einige Pergamentbögen! Leander verbannte alle trüben Gedanken aus seinem Kopf, obwohl er ahnte, dass Schlimmes auf ihn zukommen würde...

Der Überfall

Und das tat es auch. Am Hafen brachte Leander das Auto zum Stehen, stieg aus, reckte sich und betrat die

Gaststätte gegenüber dem Museumshafen. Auf der Terrasse fand er einen Platz mit Blick auf die Schlei. Hier genoss er in aller Ruhe seinen Fisch. Die Strahlen der Abendsonne liebkosten sein Gesicht, der bestellte Dorsch schmeckte hervorragend. Bei einer Tasse Kaffee ließ er seine Gedanken zu dem Tag zurückgehen, an dem er die Papiere vergraben hatte und heimgekommen war....

Seine Mutter war in hellster Aufregung. In der Küche stand ein Polizist, auf dem Grundstück lief ein anderer herum, der auch in die Garage schaute. Leander rannte auf seine Mutter zu, umarmte sie ganz fest und rief:

„Mama, was ist los, fehlt dir etwas?" Die Mutter strich ihm leicht über das Haar, schaute ihn an und meinte:

„Oh, Leander, gut, dass du zum Sport gewesen bist. Hier ist eingebrochen worden. Als ich den Täter überraschte, schlug er mich zu Boden, es war schrecklich!"

Leander stockte der Atem.

„Mama, hat er dich verletzt? Soll ich den Arzt rufen?"

Die Mutter lächelte ihn warm an:

„Nein, es ist alles gut. Du musst dir keine Sorgen um mich machen."

Fiete Hansen, der Polizist, schaute Leander an.

„Kannst du dir vorstellen, warum bei euch eingebrochen worden ist?"

Leander schüttelte stumm den Kopf, sprechen konnte er nicht. Angst schnürte ihm die Kehle zu.

„Dann lauf einmal in dein Zimmer und schau nach, ob etwas fehlt", meinte Fiete Hansen. Leander trollte sich. In seinem Zimmer ließ er sich auf sein Bett fallen, presste den Kopf in die Hände und überlegte krampfhaft. Der Gutachter musste etwas ahnen. Leander war sich ganz sicher. Ob er ihn gestern doch noch beim Vergraben des Schatzes beobachtet hatte? Aber dann hätte er nicht den Einbruch gewagt, oder?

„Leander, wo bleibst du", hörte er die Mutter rufen. Schnell stand er auf, trank einen Schluck kaltes Wasser und erzählte in der Küche, dass aus seinem Zimmer nichts fehlte.

„Merkwürdig! Was hat der Kerl nur gewollt", überlegte der Polizist und verabschiedete sich. Leander und seine Mutter saßen sich am Küchentisch gegenüber.

„Soll ich dir Kaffee kochen, Mama? Wie geht es dir jetzt?" Die Fragen sprudelten aus Leander hervor. Er schaute seine Mutter an und konnte nur mit Mühe die Tränen unterdrücken. Seinetwegen war sie niedergeschlagen worden. Warum nur hatte er die Pergamentrollen behalten und nicht dem Pastor gegeben. In diesem Augenblick hasste Leander sich und den vermeintlichen Schatz...

Noch heute stieg dieses Gefühl der Ohnmacht in ihm auf, wenn er an damals dachte. Die Mutter war zum Glück nur leicht verletzt. Den Täter hatte sie nicht erkannt, da eine schwarze Maske das Gesicht verdeckte. Auch die Statur des Mannes kam ihr nicht bekannt vor. Leander bestellte sich noch eine Tasse Kaffee und ließ seine Gedanken wieder in die Vergangenheit spazieren....

Als sein Vater heimkam, erzählte er den Eltern von dem gefundenen Christus, obwohl der Pastor nicht wollte, dass über den Fund geredet wurde. Alle waren sich einig, dass der Überfall im Zusammenhang damit stehen musste. „Was kann der Kerl nur gesucht haben", überlegte der Vater und schaute seinen Sohn prüfend an. Auch jetzt gab Leander sein Geheimnis nicht preis.

„Sei nur vorsichtig", baten ihn seine Eltern und nahmen ihm das Versprechen ab, nicht allein in die Kirche und auf den Turm zu gehen...

Unerwartete Begegnung

Leander schreckte jäh aus seinen Gedanken auf, zuckte zusammen, warf fast die Kaffeetasse um und rannte los, dem nur zu bekannten Geräusch des Autoalarms nach.

Das war sein Fahrzeug! Die Kellnerin lief hinter ihm her und rief mit sich überschlagender Stimme:

„Stehenbleiben, sie haben noch nicht bezahlt"!
Er kümmerte sich nicht um die schreiende Frau. An seinem Wagen machten sich doch tatsächlich zwei Männer in Lederjacke und mit dunkler Sonnenbrille zu schaffen.

„Also auch hier", dachte Leander, bevor er den ersten am Kragen packte, zu Boden stieß und den nächsten aus dem Auto zerrte.

„Was soll das?" brüllte er die beiden an. Leider übersah er, dass ein dritter Mann hinter ihm stand, der mit einer Baseballkeule ausholte und zuschlug. Leander ging zu Boden. Nach einigen Minuten rappelte er sich mühsam auf. Blut strömte über sein Gesicht. Von den drei Lederjacken war nichts mehr zu sehen. Inzwischen hatte ihn die empörte Kellnerin erreicht. Sie herrschte ihn an:

„Wie kommen sie dazu wegzulaufen, soll ich vielleicht ihre Zeche zahlen?" Ihre Empörung wich großer Bestürzung, als sie sah, dass Leander am Kopf blutete. Ohne zu zögern band sie ihre weiße Schürze ab, rollte sie zusammen, presste sie auf die Wunde und machte einen Notverband daraus. Sie bot ihrem Gast den Arm und sagte:

„Kommen sie nur mit, im Lokal kann ich sie besser verarzten. Außerdem müssen sie sich unbedingt setzen, falls sie eine Gehirnerschütterung haben." Leander lächelte sie dankbar an und ging humpelnd mit ihr. Im Lokal angekommen ließ er sich auf einen Stuhl fallen, wurde ohnmächtig und ließ alles mit sich geschehen. Sein letzter Gedanke war: „Hört das denn nie auf?"

Nur langsam erwachte Leander und öffnete stöhnend die Augen. Die freundliche Kellnerin hatte inzwischen einen Arzt gerufen, der seine Kopfwunde versorgt hatte.

„Hallo, hören sie mich" wollte der junge Mediziner wissen. Leander nickte mit schmerzverzehrter Miene.

„Wer sind sie? Sagen sie mir bitte ihren Namen", ging die Fragerei weiter.

„Leander Cramer, aber was soll das? Mir fehlt doch nichts – oder?" Nur langsam setzte die Erinnerung bei Leander ein.

„Mein Auto", stammelte er, „die Männer haben es aufgebrochen und mich niedergeschlagen. Wenn sie mir nicht geholfen hätten, weiß ich nicht, was passiert wäre", sagte er und guckte dabei die hilfsbereite Bedienung an.

„Ich wollte die Zeche nicht prellen, das müssen sie mir glauben", ergänzte er nun schon wieder lächelnd. Wie hübsch die Kellnerin war; und so jung. Leander rappelte sich auf, dankte dem Arzt, der außer der Platzwunde keine Auffälligkeiten feststellen konnte.

„Ja, dann noch viel Glück, und trotzdem einen

schönen Aufenthalt in unserem Städtchen", meinte der Doktor und verabschiedete sich. Erst jetzt konnte Leander seiner Retterin danken.

„Verzeihen sie mir all die Unannehmlichkeiten", bat er und setzte hinzu: „Ob ich noch einen starken Kaffee bekommen kann, damit ich wieder klar im Kopf werde?"

Die junge Frau verschwand und kam gleich darauf mit einer dampfenden und köstlich duftenden Tasse Kaffee wieder.

„Wenn sie mit mir sprechen möchten, ich habe jetzt Feierabend. Manchmal hilft das Reden ja", bot sie ihm an. Leander überlegte; konnte und durfte er seine Geschichte verraten oder brachte er die freundliche Helferin in Gefahr?

„Ja, ich würde schon gern mit ihnen über alles reden, aber es ist mit einem großen Risiko verbunden", hörte er sich zu seiner Überraschung sagen. „Ich möchte nur eben meine Freundin anrufen, damit sie sich keine Sorgen macht", rückte er gleich mit der Wahrheit raus. „Ach ja, wollen wir nicht gleich „DU" zueinander sagen", fragte er lächelnd. „Antonia", die junge Frau gab ihm die Hand. „Du bist Leander, stimmt´s?" Er nickte, und sie lachten sich an. Die Kellnerin ließ ihn allein und kassierte auf der Terrasse noch ihre Tische ab.

Das Gespräch mit Annina hatte Leander gut getan. Ihre sanfte Stimme streichelte seine niedergeschlagene

Seele. Plötzlich kam er sich nicht mehr wie ein Verlierer vor, der die drei Männer nicht hatte überwältigen können. Als er Annina von seiner Kopfverletzung berichtete, stockte ihr der Atem.

„Leander, bitte, sei vorsichtig. Mit den Kerlen ist nicht zu spaßen. Überleg dir ganz genau, was du tust und bring dich nicht unnötig in Gefahr. Ich liebe dich doch!" In diesem so besonderen Moment spürte Leander weder Schmerzen noch Müdigkeit.

„Ist das wahr", stammelte er. „Mich liebst du?" Seine Stimme überschlug sich, alles in ihm war Glück und Liebe. Annina liebte ihn, nur darauf kam es an! Noch nie hatte eine Frau in Leander so viel an Gefühlen ausgelöst.

„Bald bin ich wieder bei dir", versprach er. „Ich liebe dich so sehr, nur habe ich mich nie getraut, es dir zu sagen. Mach´ die Augen zu, ich nehme dich jetzt ganz fest in meine Arme, du Wunderschöne, du mein Glück."

Einen Moment schwiegen beide und gaben sich ihren Gefühlen hin. Leander begann zu träumen und sah Annina und sich schon glücklich vor dem Traualtar stehen. Er lächelte, bis Anninas Stimme ihn aus seinem Traum weckte.

„Und nun erzähle mir bitte alles, was geschehen ist", bat ihn Annina. Leander tat es und ließ auch das Angebot der freundlichen Bedienung nicht aus.

„Soll ich mir von Antonia helfen lassen, Annina oder stört es dich?" fragte er vorsichtig.

„Ach, Leander, warum denn! Nimm ihre Hilfe gerne an. Bestell ihr Grüße von mir und sage ihr, wie dankbar ich ihr bin, dass sie für dich da war und dir geholfen hat. Das ist nicht selbstverständlich! Sie kann dich vielleicht ja auch bei der Schatzsuche unterstützen, schließlich kennt sie sich besser aus als du. Im Gegensatz zu ihr lebst du seit vielen Jahren nicht mehr in Kappeln. Der Ort deiner Kindheit wird sich mit Sicherheit sehr verändert haben."

Aufatmend und trunken vor Glück legte Leander auf. Gestärkt durch Anninas Liebe und freundschaftlich verbunden mit seiner neuen Duz-Freundin sah er allem, was geschehen würde, mit der allergrößten Ruhe entgegen.

Leander vertraut Antonia...

Nur wenig später ging er mit Antonia zu seinem PKW.

„Ich kann nicht in Kappeln bleiben, hier stöbert man mich garantiert auf, zumal mein Auto nun bekannt ist", überlegte er laut.

„Du kannst deinen Wagen in unsere Garage stellen. Wenn du ein Auto brauchst, nimmst du meins. Ich fahre ohnehin nur wenig, da ja gerade Semesterferien sind und ich hier arbeite" bot ihm Antonia an. Leander fasste kurz nach ihrer Hand.

„Warum tust du das", wollte er wissen?

„Na ja, irgendwie scheinst du in Schwierigkeiten zu stecken. Das kann mir genauso passieren. Und gerade dann braucht man einen Menschen, der hilft." meinte die junge Frau.

„Was studierst du denn" erkundigte sich Leander neugierig.

„Archäologie und Geschichte."

Konnte das noch ein Zufall sein?

„Du sagst ja gar nichts, macht dir meine Fächerkombination etwa Angst?" fragte ihn Antonia.

„Nein, aber es ist schon merkwürdig. Kannst du vielleicht auch Latein, also richtig, nicht nur Schullatein?" Als sie mit dem Kopf nickte, meinte Leander:

„Wenn ich dir meine Geschichte erzählt habe, weißt du, warum ich eben so perplex gewesen bin. Nur dafür brauchen wir Ruhe und müssen wirklich ungestört sein!" Nach einer kleinen Pause fragte er:

„Sag mal, hast du einen Mann oder einen Freund?"

Sie stutzte und runzelte die Stirn.

„Bitte, ich meine das nicht so, wie man es im Allgemeinen versteht. Außerdem habe ich eine Freundin, die ich sehr liebe." Antonia lächelte wieder und sagte:

„Dann ist es ja gut" und „nein, im Augenblick bin ich solo."

Wenig später hatten sie das verräterische Fahrzeug in die Garage gestellt. Antonias Elternhaus entpuppte sich als ein wunderschönes altes Strohdachhaus, das direkt an der Schlei lag. An einem Holzsteg waren ein Angelboot mit Außenborder und eine schicke, kleine Jolle festgemacht.

„Ja, ich segel gern, auf dem Wasser fühle ich mich so frei", erklärte Antonia ungefragt. „Bei Flaute tucker ich auch mal gemütlich nach Arnis ´rüber und trinke in der „Schleiperle" einen Kaffee. Was kann es Schöneres geben als Wasser und einen hohen Himmel mit wunderschönen Wolkengebilden?"

Sie gingen zurück ins Haus, in dem niemand war. „Ist das wirklich dein Elternhaus" erkundigte sich Leander.

„Ja, die beiden sind gerade auf einem Segeltörn durch die dänische Südsee, ich erwarte sie erst in 14 Tagen zurück. Wir sind also ganz allein, und du brauchst keine lästigen Fragen zu befürchten." Antonia lachte:

„Ich koche uns jetzt einen Tee, dann kannst du mir anvertrauen, was du willst" sagte sie und verschwand in der offenen Küche. Leander schaute ihr nach, dann sah er sich in dem gediegen eingerichteten Raum um. Hier war Altes und Neues eine gelungene Symbiose eingegangen.

Ein Platz zum Wohlfühlen. Er ließ sich in einen gemütlichen Sessel fallen, schaute mit immer kleiner werdenden Augen auf das Wasser der Schlei und schlief ein. Stunden später erwachte er, sah sich schuldbewusst um und entdeckte Antonia, die am Herd stand und kochte. Ein entspanntes Lächeln überzog ihr Gesicht, als sie seine Blicke fühlte.

„Na, du hattest den Schlaf aber nötig. Gleich können wir essen". Das Fett in der Pfanne zischte, als sie die Schollen hineinlegte und goldgelb briet. Der Kartoffelsalat stand schon auf dem Tisch und zog Leander magisch an.

„Ich liebe Kartoffelsalat; am liebsten mag ich ihn mit Gürkchen und mit selbstgemachter Mayonnaise."

„Wie gut, dann habe ich ja alles so zubereitet, wie du es gern hast" meinte Antonia.
Nach einer köstlichen Mahlzeit setzten sie sich in die bequemen Sessel, und Leander erzählte Antonia seine Geschichte.

Leander erzählt

Den größten Teil seiner Erzählung nahm der Fund der Christusfigur ein.

„Ja, sie ist wirklich wunderschön und hängt noch

heute an der Südwand unserer Nikolaikirche", unterbrach ihn Antonia. „Was geschah weiter?"

Bevor Leander mit der ganzen Wahrheit herausrückte, schilderte er ihr noch den Gutachter.
„Er mochte mich von Anfang an nicht", erzählte Leander. „Ich würde mich nicht wundern, wenn er Anstifter des Komplotts gegen mich war und ist. Cornelius und Jonathan haben bestimmt nichts damit zu tun", meinte er. „Sie wissen auch nichts von der Pergamentrolle, die ich noch gefunden und später versteckt habe."

Antonia schaute ihn fragend an:
„Ist das jetzt alles?" wollte sie wissen.

„Nein, ich habe dir mein Versteck noch nicht verraten. Doch bevor ich das tue, will ich dir die vielen „Merkwürdigkeiten" schildern, die ich erlebt habe. Vom Einbruch in unser Haus habe ich ja schon erzählt. Kurz darauf wurde mein Vater versetzt. Alle zusammen gingen wir für vier Jahre nach Chile an die Deutsche Botschaft. Einmal schlug man mich dort zusammen. Es waren Einheimische. Einer von ihnen zischte mir in holprigem Deutsch zu:

„Ich prügel Versteck von Schatz aus dir raus, darauf du dich kannst verlassen." Glücklicherweise kam gerade ein Polizist vorbei und half mir. Danach war ich doppelt vorsichtig, ging nicht mehr allein weg und hielt mich nur im deutschen Club auf. Später lebten wir viele Jahre in Den Haag, erst danach kam ich zum Studium nach München. In Holland brach man wiederholt in unser Haus ein und durchwühlte alles."

Antonia, die ihm atemlos zugehört hatte, wollte mehr wissen.

„Weiter, was geschah danach? Hat man dich auch in München aufgespürt?"

„Ja! Einmal konnte ich nur knapp entkommen, ein anderes Mal wurde meine Wohnung durchsucht und verwüstet. Trotz meiner äußerlichen Veränderung hat man mich erkannt. In Hamburg meinte ich den Gutachter zu sehen. Leider waren viel zu viele Menschen da, als dass ich mich ihm hätte nähern können. Panisch fuhr ich nach München zurück und hoffte, meine Spuren gut verwischt zu haben. Monate später hatte ich mich entschlossen, endlich „meinen Schatz" zu bergen, um zu sehen, was daran so wertvoll ist. Schließlich ist seinetwegen genug passiert."

Er holte tief Luft: „Ja, und heute bin ich in meiner alten Heimat Kappeln angekommen und fast sofort niedergeschlagen worden".

Aufgeregt hatte Antonia zugehört.

„Das ist ja wie im Krimi. Lass uns überlegen, wie wir deinen Schatz bergen können, wenn du mich überhaupt dabei haben willst!"

Als Leander zustimmend nickte, fiel sie ihm vor Freude um den Hals:

„Wie aufregend ist das alles. Nie hätte ich geglaubt, so etwas einmal zu erleben!" Nachdem sie sich wieder beruhigt und frischen Tee gekocht hatte, fuhr Leander fort:

„Damals habe ich die Pergamentrolle in ein Stück Wachstuch gewickelt, in eine hohe Dose gesteckt und auf dem Friedhof vergraben. Ich weiß nicht mehr genau die Stelle, habe sie aber mit „Gänseschritten" ausgemessen, nur sind meine Füße inzwischen ordentlich gewachsen. Wir werden also suchen müssen."

Antonia überlegte.

„Das Problem sind jetzt natürlich die vielen Menschen, Kappeln ist voll von Touristen. Eigentlich können wir nur nachts zu Werke gehen und hoffen, dass uns niemand entdeckt und die Polizei ruft."․

Sie schaute Leander an, der zustimmend nickte und fragte: „Hast du einen Spaten oder eine Schaufel?"

„Na klar, warte mal, ich bin gleich wieder da." Sie rannte zur Garage, kramte herum und kam mit einem Klappspaten zurück.

„Der hat uns früher beim Campen gute Dienste geleistet, wenn du verstehst, was ich so meine."

Leander nickte grinsend und setzte ein „das hätte ich sehen mögen" hinzu.

„Blödmann!" Antonia verließ das Zimmer, stand wenig später im Badeanzug vor Leander und warf ihm eine Badehose zu.

„Die gehört meinem Vater", sagte sie und „zieh dich um, wir gehen schwimmen."

Gesagt, getan, Hand in Hand rannten die beiden Schatzsucher zum Steg und sprangen kopfüber ins herrlich erfrischende Wasser der Schlei. Sie spritzten einander Wasser ins Gesicht und tauchten sich ausgelassen gegenseitig unter.

„Es kommt mir so vor, als ob ich dich mein Leben lang kenne", meinte Leander und „schön ist das."

Als sie nicht mehr schwimmen mochten, zogen sie sich um, verschlossen das Haus, setzten sich in das Angelboot und tuckerten ganz gemütlich zum Kaffeetrinken nach Arnis.

Schreck am Abend

Die „Schleiperle" hatte für Gäste extra Anlegeplätze. Auf der Terrasse, die direkt über dem Wasser gebaut war, tranken sie Kaffee und aßen Stachelbeertorte mit „Haube".

„Das erinnert mich an meine Kindheit. Meine Oma hat diesen Kuchen oft für mich gebacken. Jedes Mal bekam ich etwas von dem steif geschlagenen und gezuckerten Eiweiß ab und durfte auch noch die Rührschüssel ausschlecken." Leander schwelgte in Erinnerungen. Antonia hörte entspannt zu, genoss die Sonne und das friedliche Beisammensein. Später schlenderten sie durch das kleinste Städtchen Deutschlands, schauten sich im Rathaus eine Kunstausstellung an und betrachteten in einem kleinen Atelier wunderschöne Kalligraphin. Mit der einsetzenden Dämmerung fuhren sie zurück, vertäuten das Boot und gingen zum Haus. Plötzlich machte Antonia ihren neuen Freund auf einen umherschleichenden Mann aufmerksam, der auffallend viel Interesse an ihrem Haus zeigte. Leander ballte die Fäuste und flüsterte:

„Also haben sie uns gefunden. Am liebsten würde ich mir den Kerl greifen und windelweich prügeln."

Anstatt ihm zu antworten, kramte Antonia einen Schlüssel für den Nebeneingang hervor und zog Leander mit sich ins Haus. Sie machten kein Licht, sondern versteckten sich im Wohnzimmer hinter dem Sofa. Antonia huschte noch einmal davon, kam grinsend wieder und sagte:

„Die werden gleich ihr blaues Wunder erleben, bleib ganz ruhig."

Kurz darauf bekam sie einen unsanften Stoß in die

Seite. Leander zeigte zum Fenster, an dem sich ein Mann zu schaffen machte. Bevor er noch das weitere Vorgehen mit Antonia abstimmen konnte, erklang wütendes Knurren und lautes Hundegebell. Leander hielt sich die Ohren zu und unterdrückte mit aller Macht seinen Fluchtinstinkt. Antonia hatte eine Hand auf den Mund gepresst, um nicht ganz laut zu lachen. Der Einbrecher ließ vor Schreck sein Werkzeug fallen und rannte weg.

„Fass, Hektor, fass" war nun eine dunkle Männerstimme zu hören, dazu Gebell und Knurren. Auf der etwas vom Haus entfernten Straße heulte ein Motor auf, der ungebetene Gast hatte die Flucht ergriffen.

„Was war das denn" fragte Leander noch völlig perplex.

„Unsere Alarmanlage, die von jedem Fenster- oder Türgriff ausgelöst werden kann. Ist sie nicht phantastisch?! Und wie der Kerl Fersengeld gegeben hat. Aber nun komm, das ist unsere Gelegenheit den Schatz zu heben."

Antonia holte eine große Taschenlampe, dazu kam der Klappspaten, dann zog sie Leander hinunter zur Schlei. Fast sofort legten sie mit dem Angelkahn ab, um nach wenigen Minuten unterhalb der Nikolaikirche anzulegen. Inzwischen war es ganz dunkel. Aus den vielen Lokalen am Hafen drang laute Musik und Stimmengewirr. Auf der Schleiprinzess, dem großen Ausflugs-Raddampfer, wurde gefeiert. Lachende Gesichter, tanzende Paare und ein etwas hektisch wirkender Kellner waren zu sehen. Antonia und Leander amüsierten sich und schauten der fröhlichen Menschenmenge noch ein wenig zu.

„Hier wird man nicht mit uns rechnen", meinte Antonia zufrieden und vertäute sorgfältig ihr Angelboot. Gleich darauf stiegen sie über die abgelaufenen hohen Stufen zur dunklen Kirche empor. Kurze Zeit noch achteten sie auf die Geräuschkulisse aus dem Hafen, dann war alles ruhig. Sie waren allein. Endlich konnte die Schatzsuche beginnen.

Bergung des Schatzes

„Die Luft ist rein" flüsterte Leander nach einem eiligen Rundgang und zog Antonia zum Eingang der Gruft.

„So, genau von der Mitte der ersten Treppenstufe waren es 27 Mäuseschritte geradeaus, dann im rechten Winkel dazu 18 nach links, vier nach rechts und zum Schluss 19 geradeaus. Die Zahlen kann ich mir so gut merken, weil mein Opa am 18.04.1927 geboren wurde."

Antonia überlegte: „Bei deiner heutigen Schuhgröße müssen wir die Zahlen mindestens halbieren, was meinst du?"

Leander nickte, ging in Position, und setzte einen Fuß vor die Schuhspitze des anderen; gut 13 Fußlängen geradeaus, im rechten Winkel neun nach links, zwei nach rechts und ca. zehn geradeaus.

„So, in diesem Gebiet muss es sein. Gib mir bitte den Spaten und pass gut auf, dass niemand kommt". Leander machte sich an die Arbeit. Erst beim fünften Versuch stieß der Spaten auf etwas Hartes. Antonia jubelte. Aufgeregt legten die beiden den vermeintlichen Schatz frei und fanden verrostete Metallteile.

„So ein Mist", schimpfte Leander, trippelte drei Füße weiter nach rechts und stieß den Spaten in den harten Boden.

„Pass auf, da kommen Leute", zischte Antonia ihm zu und knipste die Lampe aus. Beide wichen an die Kirchenwand zurück. Ein eng umschlungenes Paar kam lachend die Stufen hinauf. Immer wieder blieben die beiden stehen, um sich zu küssen.

„Donnerwetter noch einmal, nun langt es aber", brummte Leander. „Die können sich glatt fürs Guiness-Buch der Rekorde mit „der längste Kuss", bewerben" lästerte er und starrte im Dunklen das Paar an.

„Lass uns weitergehen", bat die junge Frau etwas lauter als wohl beabsichtigt. „Mir ist so, als ob wir beobachtet werden!"

Ihr Partner lachte nur, zog sie noch einmal fest an sich, dann gingen sie endlich weiter.

Leander setzte erneut einen Fuß vor den anderen, wich ein wenig davon ab und begann zu graben. Es dauerte gar nicht lange, bis er auf etwas Festes stieß. Vorsichtig räumten Antonia und er nun die Erde mit der Hand beiseite und stießen tatsächlich auf eine verrostete hohe Dose.

„Das ist sie", freute sich Leander, „da, nimm sie bitte, ich richte hier alles wieder her, damit sich niemand wundert, dass hier gegraben worden ist."

Gesagt, getan, beim Licht der Taschenlampe glättete er den Boden, zog wie damals mit belaubten Zweigen darüber, sammelte alte Blätter auf und ließ sie über der Stelle fallen.

„So, das reicht" sagte er zu Antonia, die ihn anstieß, die Lampe löschte und ihn wieder zu ihrem alten Beobachtungsposten zerrte. Jetzt hörte auch Leander Stimmen, Stimmen, die ihm bekannt vorkamen.

„Verdammt noch mal, wo ist der Kerl bloß abgeblieben? Meinst du, dass er mit dem Mädchen zusammen ist?" Der andere brummte nur, quetschte ein „egal" raus und zündete sich eine Zigarette an. Die beiden Beobachter drückten sich noch enger an die Kirchenwand und hielten die Luft an. Würde man sie entdecken? An

Weglaufen war nicht zu denken. Leander bereitete sich auf einen Kampf vor.

„Nein", gab Antonia ihm kopfschüttelnd zu verstehen und hauchte ihm „warte" zu. Inzwischen redeten die Männer miteinander.

„In das Haus mit dem bellenden Köter kommen wir nicht rein. Da wohnt ja auch noch der Typ, der ihn auf uns gehetzt hat!"

„Ja, da haben wir Glück gehabt, dass wir so schnell ins Auto springen konnten", sagte der andere.

„Aber was erzählen wir Magnuson, der ist ja hinter „diesem Schatz" her wie der Teufel hinter der armen Seele. Das ist doch nicht normal! Seit bald 20 Jahren jagt er vielleicht nur einem Phantom nach."

Antonia liest

Die beiden gingen weiter, ohne nach rechts und links zu schauen. Antonia und Leander atmeten auf, nahmen ihre Sachen und rannten vorsichtig die Treppe zum Hafen herunter. Ihr Boot wartete auf sie, Antonia warf den Außenborder an und los ging es. Erst jetzt erzählte Leander seiner neuen Freundin, dass der Gutachter von damals „Magnuson" hieß. Das konnte kein Zufall sein!

Nach all den Jahren war er noch hinter Leander her. Ihm lief es eiskalt den Rücken herunter! Es musste sich um etwas Großes handeln. Beide wurden immer unruhiger und wollten nur noch die Pergamentrolle entschlüsseln.

In Antonias Elternhaus angekommen zogen sie sich in ein kleines Zimmer zurück, wo sie indirektes Licht hatten, das von draußen nur schlecht zu sehen war. Und dann ging es los. Zur großen Überraschung von Leander hatten die Papiere die Jahre in ihrem Versteck gut überdauert. Sie waren nicht sonderlich feucht oder klamm, allenfalls ein wenig brüchiger schienen sie Leander zu sein. Vorsichtig rollte Antonia sie auseinander, legte oben und unten ein Buch darauf, damit sie lesbar blieben und begann sie zu entziffern.

„Das scheint die Geschichte des Kreuzes zu sein oder eine Erzählung, die davon handelt. Wie ist das nur aufregend. Ich habe immer daran geglaubt, dass unser Christus etwas ganz Besonders ist. Die Figur hat wirklich etwas an sich, was einen nicht mehr loslässt." Antonia las weiter, vergaß dabei ihren Freund Leander, vollkommen fasziniert von dem Einblick in eine fremde, längst vergangene Welt, die sich ihr auftat. Leander verlor die Geduld:

„Nun erzähl schon, was da steht, ich habe mich das die ganzen letzten Jahre gefragt! Du glaubst gar nicht, wie neugierig ich bin." Die junge Frau lächelte ihn warmherzig an:

„Entschuldige, ich fang noch einmal von vorne an. Weißt du, das ist das Spannendste, was ich je erlebt habe. Wie schön, dass du mich teilhaben lässt an diesem Geheimnis."
Und dann las und übersetzte Antonia sinngemäß die Geschichte vom schwebenden Christus, der vor vielen hundert Jahren geschnitzt worden war und in der Kirche seinen Platz hatte.

Der schwebende Christus

...niedergeschrieben anno 1791 von dem stolzen Fischer Hannes Faber, der seine Frau Marie davor schützte sich dem Gutsherrn hingeben zu müssen. „Das Recht der ersten Nacht" ist gegen den Willen des Allerhöchsten. Mannsleute und Frauenzimmer, Adelige und reiche Gutsherrn sind nach Gottes ewigem Gesetz gleich! Ich bitte Euch, Schwestern und Brüder im Herrn, lehnt euch dagegen auf! Wehrt euch! Lasst Euch meine Geschichte vorlesen, wenn Ihr des Lesens nicht kundig seid. Hütet sorgsam diese Schriften, damit sie nicht in die Hände derer fallen, die Gottes Gerechtigkeit mit Füßen treten und uns als Leibeigene halten. Wir wollen Freiheit! Freiheit, die jedem Menschen zusteht!"...

Antonia hielt inne. „1791, so alt sind die Dokumente, Leander". Er nickte, strich leicht und vorsichtig über die etwas brüchigen Papiere und bat Antonia:

„Bitte lies weiter, wenn es dich nicht zu sehr anstrengt." Sie lächelte ihn an und meinte:

„Das geht schon, Latein war eines meiner Lieblingsfächer. Und so lange ist es mit der Schule ja noch nicht her."
Sie beugte sich wieder über die vor ihr liegenden Seiten und las ihm die Geschichte vom schwebenden Christus und Hannes Schiffbruch vor.

Schiffbruch

Auf leisen Sohlen sprang ein Mann von Bord eines nach Fisch stinkenden Schiffes. Unter dichten Netzen hatte er sich versteckt. Seine zusammengerollte, kaum erkennbare Gestalt hatte wie tot ausgesehen. Und so fühlte er sich auch. Leblos, unfähig einen klaren Gedanken zu fassen und ohne eine menschliche Regungen zu spüren. Stundenlang hatte er dort gelegen. Längst waren die Stimmen derer verstummt, die im Wirtshaus gierig dem

Schnaps zugesprochen hatten. Torkelnd waren sie davongegangen, sich immer wieder an den Laternen festhaltend, die der einbeinige Nachtwächter längst angezündet hatte. Ihn kannte jeder in Cappelen. Besonders die Gassenjungen machten sich einen Spaß daraus, sein unbeholfenes Gehen nachzuäffen. Das Holzbein zog er schleppend hinterher. Vor Stunden schon waren Fetzen seines Gesangs wie wabernde Nebel in Hannes Kopf gedrungen.

„Hört, ihr Leut, und lasst euch sagen,
uns´re Glock hat Zehn geschlagen!
Zehn Gebote setzt Gott ein,
dass wir soll´n gehorsam sein!
Menschenwachen kann nichts nützen,
Gott muss wachen,
Gott muss schützen.
Herr, durch deine Güt und Macht
schenk uns eine gute Nacht!

„Gott muss wachen, Gott muss schützen", wie Hohn klangen die Worte in Hannes nach. Sein ganzes Unglück schlug über ihm zusammen wie die Wellen über seinem untergehenden Schiff: Beim letzten großen Sturm hatte er sein Schiff verloren. In Höhe Schleimünde wurde er über Bord gespült.

„Das ist das Ende" hatte er noch gedacht, aber er wollte nicht sterben! Er tauchte auf, holte gierig Luft und ging wieder unter. Mit kräftigen Schwimmstößen kämpfte er sich erneut nach oben, klammerte sich an einer Holzplanke fest, die von seinem Kutter stammen musste, und schaffte es irgendwie ans rettende Ufer. Während die Wellen noch gierig an seinen Fußsohlen leckten und ihn zurückholen wollten in die aufgewühlte Ostsee, sackte er in sich zusammen. Sein Herz hämmerte schmerzhaft gegen die Rippen, er spuckte Wasser, alles drehte sich, aber er lebte...

Antonia sah hoch und nahm einen Schluck Wasser. Vor Aufregung hatte sie einen ganz trockenen Mund und einen knallroten Kopf bekommen.

„Stell dir das einmal vor, Leander. Dieser Hannes hat wirklich Schiffbruch erlitten. Was für ein mutiger Mann. Es muss doch schrecklich sein, wenn das eiskalte Wasser über einem zusammenschlägt! Und dann muss man um sein Leben kämpfen! Hättest du das geschafft?"
Leander schüttelte den Kopf, schwieg aber, so sehr fesselte ihn die Geschichte. Antonia lächelte ihn an:

„Na, dann will ich mal" und las weiter....

Rettung

Irgendwann fand man ihn und brachte ihn nach Hause. Von der Lungenentzündung konnte er sich nur schwer erholen. Wochenlang schwebte er zwischen Leben und Tod. Mit dem Geld, das er dem Medicus geben musste, hatte er seine Hochzeit feiern wollen. Lang hatte er dafür gespart und jeden Taler, den er nicht unbedingt brauchte, zur Seite gelegt. Nun besaß er nichts mehr und der Patron forderte den Pachtzins für seine Kate. Vor zwei Tagen war der Herr vorbeigekommen. Er hatte sein Pferd draußen angebunden und war unaufgefordert eingetreten. Gegrüßt hatte er Hannes nicht, ihn nur tadelnd von oben bis unten angesehen und gesagt:

„Hannes, so geht das nicht! Du schuldest mir Geld. Und wenn du mir in sieben Tagen nicht gegeben hast, was mir gehört, setze ich dich vor die Tür!" Erschrocken hatte Hannes den Gutsherrn angesehen und gestottert:

„Herr, Ihr wisst doch, dass mein Schiff untergegangen ist und ich auf den Tod gelegen habe. Ich konnte wirklich nicht arbeiten. Gebt mir bitte etwas Zeit!"

Verärgert schlug der Herr mit der Reitgerte gegen seinen Stiefel.

„Mehr Zeit?! Wie stellst du dir das vor? Ich muss

meinen Verpflichtungen auch pünktlich nachkommen!"

Dabei schaute er ihn lauernd an und fügte noch hinzu:

„Außerdem brauche ich die Kate für den neuen Pastor, damit seine Holde sie wohnlich machen kann!"

Aus den Augenwinkeln sah Hannes das spöttische Grinsen, das sich nach und nach über das ganze Gesicht ausbreitete. Schadenfroh rieb sich der Gutsherr die Hände und meinte: „Warum ist sie dir eigentlich davon gelaufen? Du kannst ihr wohl nicht genug bieten; hast ja auch kein Schiff mehr. Ja, ja, die Frauenzimmer!"

„Was würde denn noch kommen", fragte Hannes sich. „Wie konnte Gott ihm das zumuten?"

Die abtrünnige Braut

Der neue Pastor, Fiete Schloh, hatte ihm seine Marie ausgespannt. In zwei Monaten hätten sie heiraten wollen. Aber mit dem Untergang des Schiffes war ihre Liebe untergegangen. Plötzlich war er ihr nicht mehr gut genug! Sein Stand, seine Bildung, seine Freunde, nichts war ihr mehr recht. Marie hatte genug von ihm, und das sagte sie ihm recht deutlich. In ihren wenigen freien Stunden ging sie nun Hand in Hand mit dem ältlichen Pastor spazieren.

Bloß gut, dass sie sich nur heimlich verlobt hatten, so blieb ihm die Häme der Männer erspart. Ausgerechnet der Pfaffe hatte sie sich geholt, Hannes Herz krampfte sich schmerzhaft zusammen. Wie hochnäsig Marie jetzt durch die Stadt spazierte, den neuen Ring am Finger. Schon bald würde sie „Frau Pastor" sein, in der Kirche ganz vorne sitzen, Einfluss haben und vergessen, wo ihre Wiege gestanden hat....

„Wie gemein von Marie", empörte sich Antonia, las aber weiter....

Maries Vater war ein Trinker gewesen, der die Familie im Stich gelassen hatte. Die Armut war der Mutter anzusehen, obwohl ihre Kleidung heil und sauber war. Sie verdiente ihr Brot als Hebamme und Totenfrau. Ihr ganzes Streben galt ihrer einzigen Tochter. Es war ihr wichtig, dass Marie stets gepflegt aussah und die Schule besuchen konnte. Das war keine Kleinigkeit für die Frau, die wirklich Tag und Nacht schuftete, um ihre Tochter zu dem zu machen, was sie trotz ihrer Jugend war: Mamsell beim Patron im feinen Gutshaus.

Maries Mutter und Hannes verstanden sich gut. Er steckte ihr immer einmal etwas zu, wenn Marie es nicht sah. Ihr dankbares Lächeln belohnte ihn dafür. Nur ein einziges Mal, kurz vor dem Untergang seines Kutters, hatte Hannes Marie gefragt, ob sie ihre Mutter nicht mit zusätzlichem Essen versorgen könnte. Der Tisch des Herrn sollte doch überreich gedeckt sein, so dass Reste in die Küche zurückkamen. Sie hatte verärgert reagiert und gesagt:

„Selbst wenn ich es dürfte, würde ich es nicht tun! Das Gesinde und ich sind selbst froh, wenn wir einen Extrahappen essen können!" ...

Leander schaute Antonia an und schüttelte den Kopf. Antonia wischte sich verstohlen einige Tränen aus den Augen.

„Der arme Hannes", meinte sie und fuhr schnell fort....

Hannes mochte nicht mehr. Wie konnte sich Marie nur so verändern. Damals, als er sie kennenlernte, war sie still und bescheiden gewesen. Manchmal fuhr sie mit ihm hinaus. An Bord des Schiffes war sie frei. Wenn der Wind die Segel aufblähte und den Kutter in wilder Fahrt durch die Wellen trieb, jauchzte sie vor Freude. Ihre Wangen waren rot, das Haar wehte ihr ins Gesicht. Sogar beim Einholen der Netze stellte sie sich geschickt an. Ihre flinken Finger puhlten jeden Fisch aus den Maschen.

Wie lang war das her? Gefühlte Ewigkeiten. Beim nächsten Neumond sollten nun die Hochzeitsglocken für Marie und den Pastor läuten. Maries Mutter hatte es ihm unter Tränen erzählt. Von ihrem Schwiegersohn in spe hielt sie nicht viel. Er war sich zu fein, um den Umgang mit ihr zu pflegen. Ein gelehrter Herr wie er gab sich nicht mit einer Hebamme und Totenfrau ab. Und auch Marie kam immer seltener heim. Unüberhörbar laut klopfte die Not an die Türen von Hannes und von Maries Mutter. Sie würde leichtes Spiel mit den beiden Menschenkindern haben.

Hannes bemühte sich auf anderen Kuttern Arbeit zu finden. Manchmal fuhr er mit hinaus und wurde mit einigen Fischen entlohnt. Meisten liefen sie ohne größeren Fang wieder ein; sein Magen knurrte, die Stube blieb kalt, der Patron wartete auf sein Geld, der Pfarrer auf seine Kate und Hannes auf ein Wunder...

Wunder gibt es immer wieder....

Ermuntert durch eine kleine Pause, die Antonia machte, fragte Leander sie:

„Glaubst du daran, dass Wunder geschehen? Ich eigentlich nicht!"

„Warten wir es einmal ab, Hannes wird es uns schon noch erzählen. Und ja, ich glaube an Wunder. Nicht daran, dass mir morgen eine Million Euro in die Hände fällt, aber daran, dass ich mit Gottes Hilfe selbst etwas tun kann, damit ein Wunder geschieht, etwas, was ich nie für möglich gehalten hätte."

Antonia hielt inne und lauschte.

„Hörst du auch etwas?" Leander schüttelte den Kopf, machte aber vorsichtshalber eine Runde durch das Haus und prüfte, ob alle Türen und Fenster verschlossen waren.

„Da ist nichts", meinte er, „Du kannst in aller Ruhe weiter lesen." Die junge Frau nickte.

„Ich sehe also schon Gespenster? Das kann ja noch heiter werden! Weißt du, lieber Leander, im Grunde verstehe ich nicht, warum der Gutachter so hinter den Papieren her ist. Bislang ist das doch nur ein Zeitzeugnis und nicht weiter gefährlich. Die Leibeigenschaft gibt es seit über 200 Jahren nicht mehr, das „Recht der ersten Nacht" Gott sei Dank auch nicht mehr. Mir tun all die Frauen leid, die das über sich ergehen lassen mussten."

Sie schüttelte sich und konzentrierte sich wieder auf die vor ihr liegenden Bögen...

Als das so sehr erflehte Wunder nicht eintrat, reifte in Hannes der Plan, aus der Kirche die Christusfigur zu stehlen. Einer seiner Urahnen hatte sie geschnitzt und der Kirche gestiftet. Er liebte die Figur mit den geschlossenen Augen und dem friedlichem Mund. Tiefer Friede ging von dem Mann am Kreuz aus. Das war nicht mehr der Schmerzensmann, der abgrundtief Leidende; das war der

Erlöser, der selbst erlöst worden war von all Seiner Not. IHM hatte der Tod nichts anhaben können. Vor IHM lag das Leben, das Leben mit und in GOTT VATER. Gemeinsam würden sie die Welt regieren bis ans Ende aller Tage.

Hannes erinnerte sich noch vage an seinen Urgroßvater, wie er ihm das Kreuz in der Kirche gezeigt hatte. Auf seinen Krückstock gestützt stand er ehrfürchtig davor und ließ seine Gedanken zurück in die eigene Kindheit eilen.

„Damals hat mein Urgroßvater mir mit zittriger Stimme von einem unserer Vorfahren erzählt. Er war in schwere See gekommen, sein Schiff kenterte, doch Gott ließ ihn nicht sterben. Die Wellen spülten ihn mehr tot als lebendig an Land. Zum Dank für seine Rettung schnitzte er dieses wunderschöne Kreuz und schenkte es der Kirche."

...

Mit Tränen in den Augen las Antonia weiter. ...

... Er wusste, wie viel auch Marie, seiner Marie, die Christusfigur bedeutete. Sie hatte sich immer so geborgen gefühlt, wenn sie unter dem Kreuz stand.

„ER ist das Zeichen für unsere Liebe", sagte sie einmal zu ihm und hatte ihn dabei lächelnd und verheißungsvoll angesehen.

„Unsere Liebe", dachte Hannes traurig, was war

denn geblieben von dieser Liebe? Ein bitterer Geschmack im Mund und Wehmut im Herzen! Ob Marie wohl an ihn denken würde, wenn der Christus nicht mehr an seinem Platz hängen würde? Vielleicht kam sie ins Grübeln und erinnerte sich, dass ER das Zeichen für ihre Liebe zu ihm gewesen war? Eine Liebe, die einfach nicht vorbei sein konnte!

Hannes schloss die Augen und sah im Geiste Marie in der Kirche sitzen. Sie würde sofort sehen, dass der Platz an der Wand leer war. Dem Gutsherrn und dem neuen Pastor würde der fehlende Christus vielleicht gar nicht auffallen. Die „feinen Herren" hatten sicher andere Dinge zu tun, als sich in der Kirche umzuschauen. Und mit der Christusfigur verband sie ja ohnehin nichts!

Marie

Wie schön hatten sie sich ihre gemeinsame Zukunft ausgemalt. Hannes war Fischer mit Leib und Seele. Er kannte die besten Fischgründe. Im ersten Morgengrauen segelte er hinaus auf die Schlei. Bald schon lag Maasholm vor ihm. Nun dauerte es nicht mehr lange und er konnte seine Netze auswerfen. Hinter Schleimünde lagen wunderbare Fischgründe. Dorsch, Heringe, Schollen und

Butt, alles, was das Herz begehrte, hielt die Ostsee je nach Jahreszeit bereit. Der Fischfang hatte vielen zu bescheidenem Wohlstand verholfen. Ja, den Fischern ging es gut in Cappelen, solange die Ostsee – mit dem Sturm im Bunde – ihnen nicht das Leben und den Kutter nahm.

Die Landarbeiter und Tagelöhner waren schlechter dran. Tag für Tag waren sie den plötzlichen Launen des Gutsherrn oder seines Verwalters ausgesetzt, der sich nicht scheute, sie bei Ungehorsam wie einen räudigen Hund zu prügeln.

Fischer und Landarbeiter hatten kaum Berührungspunkte. Manchmal trafen sie sich im Wirtshaus, wo sie – je nach Menge der getrunkenen Schnäpse und Biere – übereinander herfielen und sich wild prügelten. Lautes Gegröle und Gejohle begleitete diese Schlägereien, die sich schon mal bis zum Ruf des Nachtwächters hinziehen konnten. Irgendwann trollten sie sich dann nach Hause, zufrieden mit einem gelungenen Männerabend, ihre blutenden Wunden leckend.

Es lag kein Ernst in diesen Kämpfen, sie boten ihnen lediglich die Gelegenheit, einen Augenblick lang sorglos zu sein. Niemand dachte an den nächsten Morgen, an dem es in aller Herrgottsfrühe galt, wieder schwer zu arbeiten. Der Patron kannte keine Gnade.

„Wer saufen kann, kann auch arbeiten", sagte er

und schlug mit seiner Gerte auf jeden Faulenzer ein. Hannes schaute zur Kirche empor. Ihr stolzer Turm mit dem Christophorus auf der Spitze überragte alles. Vor jedem Auslaufen und bei jeder glücklichen Heimkehr hatte er im Vorübersegeln ein Gebet gesprochen. Er flehte den Herrn an, ihn zu guten Fischgründen zu führen und heil und gesund heimkehren zu lassen.

Manchmal hörte er die dumpfen Schläge der Turmuhr, ein Mensch wurde dann zum Gottesacker und zur letzten Ruhe geleitet. Hannes zog die Mütze vom Kopf, sprach ein Vaterunser und gedachte so des Verstorbenen. An und wann vernahm er auch die Glocke, unter deren Klang Marie und er aus der Kirche hätten ausziehen sollen: die Hochzeitsglocke.

Wieder übermannte Hannes der Schmerz. Noch immer liebte er die Marie, die es nicht mehr gab, die hilfsbereit und glücklich war, wenn sie nur kurz ihre Hand in seine legen konnte. Ihre Hochzeit hatten sie sich so schön ausgemalt: Marie sollte einen ganzen Tag frei haben, um mit ihrer Mutter und Hannes zu feiern. Am späten Abend wurde sie im Gutshaus erwartet, wo der Patron das Recht der ersten Nacht für sich in Anspruch nehmen konnte. Marie ängstigte sich sehr davor. Er hatte Pläne geschmiedet, damit der Herr sie nicht anrühren würde. Aber nun?…

Antonia und Leander sahen sich betreten an. Die Vorstellung eines prügelnden Gutsherrn erschütterte sie. Und die eines Mannes, der über eine junge Frau herfiel, noch mehr. Beide waren froh, nicht in jener längst vergangenen Zeit gelebt zu haben.

Leander nickte Antonia zu, die ihre Nase wieder in die Papiere steckte und las...

...Hannes gab sich einen Ruck; „Genug geträumt", dachte er und hörte in der Ferne den Nachtwächter näher kommen.

 Hört ihr Leut und lasst euch sagen,
  unsre Uhr hat zwei geschlagen.
 Zwei Wege hat der Mensch vor sich,
  Herr, den rechten führe mich.
 Menschenwachen kann nichts nützen,
  Gott muss wachen,
  Gott muss schützen.
 Herr, durch deine Güt und Macht
  schenk uns eine gute Nacht!

„Ja, Herr, führe mich den rechten Weg", dachte er und gleich darauf:

"Verzeih mir, dass ich in Deine Kirche gehen und Deinen Sohn mitnehmen will. Ich muss das tun, damit Marie zu sich kommt und wieder die wird, die ich so sehr liebe, das stille bescheidene Mädchen."

Hannes schaute sich kurz nach dem Nachtwächter um, der noch viel zu weit weg war, um ihn erkennen zu können. Vom Hafen bog er in eine winzige Gasse ein. Eine Treppe führte hinauf zur Kirche. Einmal wäre er fast gestürzt, konnte sich aber gerade noch fangen. Die dunkle Nacht schien wie geschaffen für sein Vorhaben. Umgeben von Gräbern und schlichten Holzkreuzen stand die Kirche wie eine Trutzburg da. Nur die reichen Gutsherren und Großbauern hatten Grabsteine mit den eingemeißelten Namen ihrer Verstorbenen.

„Was tue ich hier nur", fragte sich Hannes, der sich nicht sehr wohl fühlte bei dem Gedanken daran, was er gleich tun würde. Er schaute empor in den wolkenverhangenen Himmel und murmelte ein Vaterunser vor sich hin…

Einbruch bei Antonia

Gerade als Antonia Luft holte, um weiter zu lesen, hörten sie etwas poltern.

„Das sind alte Blumentöpfe, die ich vorhin vor die Tür gestellt habe", meinte sie. Leander war schon aufgesprungen und hatte sich mit einem schweren

Kaminbesteck bewaffnet. Schnell ließ er noch das wütende Hundegebell erklingen. Als er auf einen anderen Knopf drückte, wurde es drinnen und draußen ganz hell. Beide erschraken, als sie sahen, dass sich ein Mann an der Haustür zu schaffen machte. Die schwere Kaminschaufel über dem Kopf schwingend rannte Leander zur Tür und verscheuchte so den Eindringling.

„Hau bloß ab! Ich hetzte dir die Polizei auf den Hals. Magnuson wird dir nicht helfen! Der lässt dich fallen, wenn es gefährlich für ihn wird!" schrie er. Minuten später hörte er Polizeisirenen, die sich dem Haus näherten. Antonia musste die Beamten alarmiert haben. Der Wagen stoppte mit quietschenden Bremsen. Zwei Polizisten sprangen heraus und liefen einem schwarz gekleideten Mann nach, der über den kleinen Weg an der Schlei weglaufen wollte. Vergebens! Ein dritter Polizist schnitt ihm von der anderen Seite den Weg ab und warf ihn zu Boden. Der Gefangene schimpfte laut:

„Lass los, verfluchter Bulle, ich habe dir nichts getan! Ich bin unschuldig! Lass los, du tust mir weh! Nimm mir die Handschellen ab, sofort!"
Leander kam mit einem sehr kleinen Mann im Schwitzkasten angekeucht.

„Der wollte gerade durch den Nebeneingang ins Haus. Antonia hat ihn erwischt und ihm eins übergezogen.

Ich musste ihn nur noch einsammeln", erzählte er lachend den Polizisten.

„Was wollen die Kerle eigentlich von ihnen?" wollte einer der Beamten wissen.
Leander zuckte die Schultern und meinte:

„Vielleicht haben sie ausgekundschaftet, dass Antonias Eltern verreist sind und wollten das Haus ausräumen. Sie konnten nicht wissen, dass wir hier sein würden, das war gänzlich ungeplant." Der Beamte schaute ihn von oben bis unten an.

„Sind sie nicht der, dessen Auto aufgebrochen wurde?"

Als Leander „ja" sagte, meinte er: „Ich glaube nicht an solche Zufälle. Morgen früh um zehn Uhr möchte ich auf dem Revier mit ihnen beiden sprechen. Gute Nacht!"

Leander nickte zuvorkommend und ging zurück ins Haus und zu Antonia, die alles wissen wollte, was gesprochen worden war.

Mittlerweile war es weit nach Mitternacht. Antonia hatte ganz müde Augen und konnte sich nicht mehr konzentrieren.

„Lass uns schlafen gehen", meinte sie.
Vorsichtig sammelte sie die Pergamentbögen ein und legte sie unter die Tischdecke im Esszimmer. Darauf stellte sie eine Vase mit gelb leuchtenden Sonnenblumen.

„Hier sucht sie niemand", überlegte sie zufrieden, sagte „gute Nacht" und verschwand in ihrem Zimmer. Auch Leander legte sich schlafen, obwohl in seinem Kopf noch viele Fragen herumspukten.

Am nächsten Morgen beschlossen sie gemeinsam der Polizei nichts von den Pergamenten zu sagen. Sicherheitshalber ließen sie ihr schmutziges Kaffeegeschirr auf dem Esstisch stehen. Alles sah so aus, als ob sie gleich wiederkommen und ihr Frühstück beenden würden.

Auf der Polizeiwache erzählte Leander nur, dass er damals zusammen mit seinen Freunden Cornelius und Jonathan die Christusfigur gefunden hatte, die jetzt in der Nikolaikirche hing.

„Aber wie soll das im Zusammenhang mit dem Autoaufbruch und dem Einbruch in Antonias Elternhaus stehen?", meinte er fragend. Der Beamte schaute ihn scharf an, wich dem offenen Blick des Verhörten aber schnell aus.

Antonia musste schmunzeln, konnte es gerade noch hinter einem Tempotuch verbergen. Sie schnäuzte sich laut und meinte:

„Bei uns ist doch nichts zu holen. Meine Eltern sind ganz durchschnittliche Bürger, nicht übermäßig wohlhabend oder reich. Und ich bin nur eine kleine Studentin. Leander und ich haben uns gerade erst kennengelernt, das kann es also auch nicht sein."

Der Beamte nickte und ließ die beiden laufen.

„Irgendetwas verbergen die doch vor mir", murmelte er und wandte sich dem Tagesgeschäft zu.

Etwas erschöpft kehrten die Abenteurer in das gemütliche Strohdachhaus zurück. Sie zogen die Papiere unter der Tischdecke hervor und lasen weiter...

Kirchenraub

Auf leisen Sohlen schlich Hannes zur südlichen Eingangstür der Kirche. Hier machte er sich einige Zeit am Schloss zu schaffen, bis es aufsprang. Hannes trat in die stockfinstere Kirche. Vorsichtig tastete er sich ein Stück an der Wand entlang, bis er unter dem Kreuz des Herrn stand, dessen Blick er auf sich zu spüren meinte. Er zog die Mütze ab, kniete nieder, faltete die Hände und betete.

„HERR, ich flehe DICH an,
lass nicht zu, dass Marie so bleibt,
wie sie jetzt ist:
hochnäsig, hartherzig und eingebildet.
Lass sie wieder die Marie werden,
die ich liebe und die zu mir gehört.

JESUS CHRISTUS, ich flehe DICH an;
Nimm mir nicht Marie und die Kate.
Lass uns wieder zueinander finden
und gib Maries Mutter ihre Tochter zurück.
Verzeih mir, HERR,
wenn ich DICH jetzt aus der Kirche hole,
ich weiß mir nicht anders zu helfen.
Bitte stehe mir bei. Amen."

Hannes erhob sich, schaute bittend den HERRN an und hob ihn vorsichtig von der Wand. Er zog seine Jacke aus und legte sie über das Kreuz. Danach schulterte er seine Bürde und verließ, nach allen Seiten spähend, die Kirche.

Im ersten Morgengrauen schlich er zur Gruft des Gutsherrn, die unter der Kirche lag. Mit flinken Fingern öffnete er den Eingang zur Gruft und stieg hinein. Vorsichtig legte er den Christus in eine Ecke hinter dem steinernen Sarkophag des alten Patrons. Im Gegensatz zu seinem Erben hatte dieser die Pächter stets anständig behandelt. Hannes blieb einen Moment vor dem Sarkophag stehen. Ehrerbietig verbeugte er sich und bat im Geiste den alten Herrn um Vergebung für den Frevel, den er begangen hatte. Auf leisen Sohlen verließ er die Gruft und das Gotteshaus.

Zusammen mit anderen Fischern traf er im Hafen

ein. Claas Clasen forderte ihn auf, an Bord zu kommen und mit hinaus zu fahren.

Sie blieben über Nacht aus. In dänischen Gewässern waren ihnen große Mengen an Fisch ins Netz gegangen. Der Heimweg erschien ihnen länger als sonst. Das voll beladene Schiff lag nicht richtig im Wind. Nach Stunden erblickte Hannes Schleimünde, bald darauf Maasholm. Nur wenig später sah er mit Herzklopfen den Turm der Nikolaikirche. Ob sein Frevel wohl schon bemerkt worden war? Innerlich zitterte Hannes ein wenig, doch nun war es zu spät. Er musste und wollte seinen Plan in die Tat umsetzen und dem Gutsherrn mit der gestohlenen Christusfigur Angst einjagen. Wie er das tun wollte, war ihm noch nicht klar. Doch zunächst galt es seinen Anteil an dem guten Fang zu Geld zu machen, damit der Patron den Pachtzins bekommen würde.

Schon kurze Zeit später klimperte das Geld in Hannes Taschen. Gut gelaunt machte er sich auf den Weg zum Gutsherrn, der vor der Tür des Hauses seine Pfeife rauchte. Hannes zog die Mütze vom Kopf und grüßte freundlich. „Herr, ich bringe Euch, was Euch gebührt! Hier ist der Pachtzins für meine Kate." Der Gutsherr schaute ihn missmutig an. „Woher hast du die Taler?" wollte er wissen. „Ich bin mit Claas Clasen hinausgefahren, wir haben einen guten Fang gemacht", erzählte Hannes fröhlich, grüßte erneut und machte sich auf den Heimweg. Der Gutsherr schaute seinen Pächter mit finsterer Miene hinterher.

Marie zeigt Stärke

Am Sonntag darauf herrschte große Unruhe unter den Gottesdienstbesuchern. Der Pastor wirkte zerfahren, der Gutsherr saß mit grimmiger Miene auf seinem angestammten Platz. Immer wieder schauten die Gläubigen zu der Stelle, an der die Christusfigur gewesen war. Manche schüttelten den Kopf, andere weinten. Zu ihnen gehörte Marie. Nach dem letzten Choral forderte der Gutsherr den feigen Dieb auf, die Figur zurückzugeben. Hannes ließ sich nichts anmerken, auch nicht, als Marie immer wieder zu ihm blickte und damit ihren Verlobten verärgerte. Erbost kam er zu ihr und wies sie mit schroffen Worten zurecht.

„Wie kannst du dich zu dem Kerl umdrehen? Benimm dich doch!" Marie weinte jetzt und zeigte auf den Platz der fehlenden Holzfigur. Anscheinend erzählte sie Fiete Schloh, was ihr der Christus bedeutete. Der Pastor schüttelte ärgerlich den Kopf und sagte lauter als beabsichtigt:

„Was kümmert dich die alte Holzfigur, die dazu noch stümperhaft geschnitzt war!" Marie erstarrte. Ihr Blick war jetzt zornig, die Lippen bebten, aber noch schwieg sie.

„Als meine Braut und zukünftige Frau musst du noch viel lernen, mein Kind", sagte Fiete Schloh von oben herab zu ihr. „Ich erwarte Contenance in jeder Lebenslage von dir. So machst du mich ja zum Gespött dieser ungebildeten Männer und ihrer dusseligen Frauen."

Marie stand auf. Ihr Kopf war hochrot, aus ihren Augen sprühten Funken. Gerade als sie sprechen wollte, kam der Gutsherr zum Pastor. Marie beachtete er gar nicht, und auch den Geistlichen behandelte er ohne jede Achtung.

„Erzieh deine Braut zu Hause, aber nicht in meiner Kirche. Ich werde die Widerspenstige in der Hochzeitsnacht schon für dich zähmen!" Dabei lachte er schmutzig. Fiete Schloh fiel in das Gelächter ein. Gemeinsam gingen die Männer in die Sakristei. Nur Marie stand da, vollkommen bleich im Gesicht. Sie zitterte am ganzen Körper und weinte. Hannes trat auf sie zu und schützte sie so vor den neugierigen Blicken der anderen Frauenzimmer.

„Oh Hannes" schluchzte sie und legte ihre Hand ganz kurz in seine. „Wie konnte ich nur so dumm sein?"

Der Pastor trat aus der Sakristei und winkte ihr befehlend zu ihm zu folgen. Flehend sah sie noch einmal zu Hannes, folgte aber ihrem Bräutigam.

Stunden später klopfte jemand an die Tür von Hannes Kate. Marie stand davor. Eine Wange war ganz rot und dick, an den Armen zeigten sich blaue Flecken. Hannes erschrak, drehte sich nach allen Seiten um und sagte:

„Komm schnell herein. Hat er dir etwas getan?"
Marie nickte unter Tränen.

„Als ich ihm erzählte, wie wohl ich mich unter unserem Christus gefühlt habe und wie schön ich IHN finde, hat er nur gesagt, dass ich dumm bin und von Kunst nichts verstehen würde. Unser Christus sei es nicht wert in der Kirche zu hängen. Das hörte der Patron, der Fiete wütend aus seinem Dienst entließ. Einen solchen Pfaffen könne er nicht gebrauchen!"

Hannes staunte und schaute Marie ganz ungläubig an.

„Und zuvor hat Fiete mich geprügelt, weil ich ihm in der Kirche Schande gemacht habe. Selbstgerecht und von oben herab hat er die Verlobung gelöst und mich rausgeworfen." Sie machte einen winzigen Schritt auf Hannes zu und fragte unter Tränen:

„Kannst du mir verzeihen, dass ich so dumm und eingebildet gewesen bin und dich verschmäht habe? Ich hatte Angst vor Armut, als dein Kutter unterging. Im

Herrenhaus war ich wer, und dabei habe ich das Gesinde in letzter Zeit auch nur hochmütig behandelt. Ich schäme mich so für mein Betragen!"

Hannes sagte nichts, er nahm Marie einfach in den Arm und genoss ihre Nähe und den Duft ihrer Haare. Bald darauf brachte er sie heim zu ihrer Mutter. Sie hatten sich ausgesprochen, Marie war wieder gut mit ihm und er wollte nur vergessen, was gewesen war. Zu dritt planten sie die Hochzeit, die schon bald stattfinden sollte. Marie war wieder die, die er immer geliebt hatte. Sie hatte ihre Mutter und ihn noch einmal um Verzeihung gebeten für ihr eingebildetes Benehmen.

„Ich wollte so gern einmal zu den anderen gehören, zu denen, die Ansehen haben und jeden Morgen ihr tägliches Brot", gestand sie unter Tränen. Die Zeit verging viel zu schnell. Schon bald hatte sie zurück gemusst ins Gutshaus, wo die Mahlzeit des Herrn zubereitet werden musste.

Hannes hatte sie begleitet, weil Marie ihm den Pachtzins geben wollte, den er dem Herrn schuldig gewesen war. Sie hatte schon lange für ihre Hochzeit gespart, doch nun sollte Hannes alles haben, was sie besaß. Erst auf dem Weg hatte er ihr gestanden, dass er gerade heute seine Schulden beim Patron beglichen hatte. Dennoch rührte es ihn, dass Marie ihm ihr ganzes

Erspartes geben wollte. Mit einem Kuss dankte er ihr und bat sie, doch weiter für ihre bevorstehende Hochzeit zu sparen...

Antonia unterbrach die Lektüre und sagte zu Leander: „Damals wurden unschuldige Menschen unterdrückt und wegen ihres Standes gedemütigt. Und heute? Schau dich um in der Welt! Ganze Völker stehen vor dem Untergang. Wunderbare Kulturschätze werden zerstört, vielen Menschen wird jede Hoffnung genommen. Und wir sitzen hier und machen uns Gedanken wegen Magnuson!"
Ihr Freund nickte zustimmend:

„Die „Eine Gottgewollte Welt" und Gesellschaft wird es wohl nie geben. Umso wichtiger finde ich es, schon kleinen Kindern einen Gerechtigkeitssinn zu vermitteln. Wir müssen ihre Sinne schärfen, damit sie das Böse erkennen und nicht auf Kosten anderer leben wollen. Ich weiß, dass dies ein hoher Anspruch ist, aber anders können wir die Welt nicht verändern."

Die junge Frau meinte:
„Ja, so ist es, vielleicht sollten wir aber nicht von Anfang an nur global denken, sondern in unserem Lebensbereich damit anfangen. Aus Kleinem entsteht Großes, denk nur an Martin Luther King und seine friedliche Befreiung der Schwarzen. Na, ich brauche jetzt einen starken Kaffee, dann machen wir weiter. Ist das ok für dich?"

Leander nickte, bald saßen sie vor ihren Kaffeetassen, aus denen noch der Dampf in kleinen Spiralen aufstieg.

„So, das hat gut getan, jetzt geht es weiter. Bist du bereit?" Ihr Gegenüber nickte und Antonia las…

Hochzeitspläne und das Recht der ersten Nacht

…Sechs Wochen gingen ins Land. Der Patron hatte die Hoffnung aufgegeben, die Christusfigur wiederzubekommen. Hannes und Marie hatten sich offiziell verlobt und den Tag ihrer Hochzeit festgelegt. Der Gutsherr bekam regelmäßig die Pacht für die Kate. Nur manchmal schaute er Hannes lauernd an, so als wolle er ihm sein Glück nicht gönnen. Zwei Tage vor der Hochzeit nahm er Hannes beiseite, grinste spöttisch und begann:

„Hannes, deine Hochzeit naht. Ich will, dass Marie pünktlich zum Sonnenuntergang wieder zurück auf dem Gut ist. Du weißt ja, das Recht der ersten Nacht steht mir zu! Deine Braut gehört mir, erst wenn ich mit ihr fertig bin, kannst du sie haben!"

Hannes erstarrte, der Patron schlug ihm kräftig auf die Schulter:

„Wir verstehen uns doch — oder?!" Unter lautem

Gelächter verschwand er.

Marie, die gerade die Hühner gefüttert hatte, trat zu Hannes und lehnte ihren Kopf an seine Brust:

„Ich habe alles gehört. Hannes, ich habe Angst vor dem Patron!" Liebevoll schaute Hannes seine Braut an.

„Hab keine Angst, ich will dafür sorgen, dass er dich nicht anrührt. Dafür musst du mich nur heimlich in deine Stube lassen. Dir wird nichts geschehen!" Mit großen Augen schaute Marie ihn vertrauensvoll an.

„Dann ist es ja gut", meinte sie und ging zurück in die Küche.

Am Hochzeitsmorgen stahl Hannes sich in aller Herrgottsfrühe aufs Gut, klopfte vorsichtig an Maries Fenster und rief:

„Marie, lass mich schnell herein".

Auf leisen Sohlen lief Marie zur Gesindetür, öffnete sie einen Spalt weit und Hannes schlüpfte hinein.

„Geh und mach das Frühstück für den Patron. Ich hole dich um neun Uhr zur Trauung ab."

Als Marie in der Küche verschwunden war, ging Hannes in ihrer Stube vorsichtig zu Werke. In den Holzrahmen des Fensters bohrte er zwei kleine, kaum zu sehende Löcher und zog ein feines, aber kräftiges Stück Schnur hindurch. Er führte es zur Blutbuche, die ihm ihre weit verzweigte Krone mit dem dichten Dach aus Laub zeigte. Am Stamm führte er die Schnüre hinauf, bis er in Höhe des Fensters war. Geschwind kletterte er wieder nach unten, lief zu einer verborgenen Stelle im Gutshof und kehrte mit der Christusfigur zurück. Flink zog er dem hölzernen Christus eine alte Joppe an, die einmal seinem Großvater gehört hatte. Über das ganze Gesicht feixend verbarg er den an langen Schnüren gebundenen Christus auf einem Ast, der mit so viel Laub besetzt war, dass niemand vom Boden aus etwas von IHM sehen konnte. Danach lief er zu seiner Kate, zog seinen guten Anzug an und holte Marie und ihre Mutter ab.

Marie trug ihr Sonntagskleid und einen Brautschleier. Gemeinsam gingen sie zur Kirche, wo der aus einer Nachbargemeinde kommende Pastor sie vermählte. ...

...Antonia schaute Leander freudig an.
„Ich liebe Geschichten mit Happy End!" Leander lächelte ihr zu, zeigte auf die restlichen Papiere und bat sie weiter zu lesen....

Glücklich verbrachten sie den Tag gemeinsam mit Maries Mutter, die ein Festessen gekocht hatte und genau so froh war wie die jungen Eheleute. Viel zu schnell vergingen die Stunden. Marie wurde stiller und stiller. Schließlich gestand sie ihrem Hannes, dass sie Angst vor dem Gutsherrn hatte und sich nicht von ihm anrühren lassen wollte. Bei der Vorstellung mit dem Patron die

Hochzeitsnacht verbringen zu müssen, weinte Marie und klammerte sich an Hannes fest. Erst als er ihr erneut versicherte, dass er dafür sorgen würde. dass ihr kein Leid geschah, wurde sie ruhiger.

Hannes in Aktion

Bei Sonnenuntergang war Marie zurück auf dem Gutshof und kam geschwind und ängstlich ihren Pflichten nach. Sobald es ging, zog sie sich in ihre Stube zurück. Suchend schaute sie zum Fenster hinaus. Hannes war nirgendwo zu sehen. Sie zitterte vor Angst. Ihr Herz krampfte sich zusammen, als sie feste Schritte hörte, die sich ihrer Stube näherten....

„So ein Schweinehund, wie kann er nur! Der wird doch Marie nicht anrühren, dieser feine Herr Baron?" empörte sich Antonia und las aufgeregt weiter...

...Unaufgefordert trat der Patron ein, zog Marie an sich und wollte ihr seinen Kuss aufzwingen. Marie wandte schnell den Kopf ab und stieß ihn fort. Der Gutsherr kam immer mehr in Rage und meinte schwer atmend:

„Dich werde ich schon zähmen, mein Kind!" Mit einem Ruck riss er ihr die Schürze vom Leib und machte sich am Kleid zu schaffen. Marie wehrte sich nach

Leibeskräften. Plötzlich hörte sie etwas gegen das Fenster schlagen, dazu eine dumpfe Stimme, die befehlend ausrief:

„Lass ab!!"

Der Gutsherr erstarrte und drehte sich zum Fenster um. Vor der Scheibe schwebte die gestohlene Christusfigur, die eine alte Joppe trug. Der Patron keuchte vor Schreck. Zeit zum Erholen blieb ihm nicht, denn die „Stimme Christi" befahl abermals:

„Lass ab. Nicht dir gehört das Recht der ersten Nacht. Du liebst sie nicht. Und habe ICH nicht gesagt: Du sollst nicht begehren deines Nächsten Weib? Wenn du sie nicht anrührst, werde ICH in deine Kirche zurückkehren. Handelst du gegen mein Gebot, werde ICH dich und die, die nach dir kommen, verfolgen und verfluchen…"

„Bravo, der hat es nicht anders verdient", kommentierte Antonia, bevor sie sich wieder in die Schriften vertiefte…

Der Patron ließ von Marie ab. Beim Schein der Kerze sah sie, dass er aschfahl im Gesicht war. Seine Hände zitterten, er rang nach Luft, stieß Marie weiter von sich und schrie:

„Du Teufelsweib, mit wem bist du im Bunde? Mit Satan?"

Er sprang zum Fenster, vor dem der Christus in lichte Höhen verschwunden war. „Was war das? Das war doch die Christusfigur aus meiner Kirche!"

Marie rührte sich nicht. Sie hatte sich ängstlich in eine Ecke der kleinen Kammer geflüchtet.

Der Patron zollte ihr keine Aufmerksamkeit mehr. Er richtete seine derangierte Kleidung und stürzte hinaus. Marie atmete auf. Vor ihrem Fenster hörte sie unheimliche Geräusche und eilig davon laufende Schritte. Der Gutsherr machte sich jetzt an ihrem Fenster zu schaffen, fand aber nichts Ungewöhnliches. Die Schnur hatte Hannes herausgezogen, sobald er wieder festen Boden unter den Füßen gehabt hatte. In die Löcher hatte er Erde gedrückt und mit dem Finger darüber gewischt. Der Fensterrahmen sah nun nur ein wenig schmutzig aus. Wütend ballte der Patron die Hände zu Fäusten. Wer erlaubte sich einen Schabernack mit ihm? Das konnte doch nur dieser Hannes sein. Noch einmal sah er sich Maries Fenster an, konnte aber auch jetzt nichts entdecken. Immer heller schien der Mond, und selbst die Sterne leuchteten um die Wette.

Die Christusfigur kehrt zurück

Der Gutsherr war in Richtung Pferdestall gelaufen. Ungeduldig sattelte er seinen schwarzen Rappen und galoppierte los.

„Jetzt will ich doch mal sehen, was es mit dieser Christusfigur auf sich hat. Vielleicht hat dein Hannes sie gestohlen und treibt jetzt seine Possen mit mir", schrie er Marie zu. Und dann war alles still. Marie fürchtete sich und hatte Angst um Hannes. Sie sank auf die Knie nieder und flehte Gott an ihn zu bewahren.

Inzwischen konnte Hannes die Spitze des Kirchturms sehen. Keuchend rannte er weiter, jede Abkürzung nehmend, die sich ihm bot. Die Christusfigur in seinen Armen wurde schwerer und schwerer. Bald konnte er nicht mehr und musste eine Pause machen. Gerade als er sich auf den Boden setzen wollte, hörte er in sich eine Stimme:

„Hannes Faber, setz dich nicht hin! Der Patron ist hinter dir her. ICH habe dich nicht alles machen lassen, um jetzt einem anderen in die Hände zu fallen. Denk an mich und denk an Marie!" Hannes Stimme zitterte ein wenig, als er „Ja, Herr", sagte und so schnell es ging weiter lief.

In der Ferne ertönte die vom Hass verzehrte Stimme des Gutsherrn, der sein Pferd antrieb. Hannes rannte schneller und schneller. Die Vögel sangen und begleiteten so seinen Lauf. Er hatte die Kirche erreicht und stürzte zum südlichen Eingang, den er schon vorher manipuliert hatte, trat ein und verschloss die Tür hinter sich. Nach Luft ringend nahm er die Christusfigur aus der Joppe und hängte sie an ihren angestammten Platz.

Der Patron war an der vorderen Tür und rüttelte an der Klinke! Nichts geschah! Er rief laut nach Hannes! Nichts geschah! Hannes wagte kaum zu atmen, schlich zurück zur Seitentür und sicherte sie von innen. Kurz darauf hämmerte der Gutsherr dagegen und schrie:

„Mach auf, Hannes Faber, ich weiß, dass du da drinnen bist!"

Hannes rührte sich nicht. „Er hat seinen Schlüssel vergessen" dachte er erleichtert und wartete ruhig ab, bis er hörte, dass der Gutsherr davonritt. Er ließ sich Zeit, da er damit rechnete, dass der Patron ihm irgendwo auflauern würde.

Als er aus der Kirche trat, vertrieb gerade die erste feine Morgenröte den Mond. Flink rannte Hannes hinunter zum Hafen, wo er auf einem gerade auslaufenden Kutter sprang, nachdem der Kapitän ihn zugewinkt hatte. Mit einem tiefen Stoßseufzer bedankte sich Hannes beim Herrn, als sie an der Kirche vorbei segelten. Die verräterische Joppe warf er Höhe Schleimünde ins Wasser der Ostsee.

Am nächsten Sonntag nahm der Gutsherr in der Kirche Hannes zur Seite.

„Hannes, hast du den Christus wieder zurückgebracht?"
Hannes schaute ihn mit großen Augen an und erwiderte:

„Wie sollte ich, Herr, und wann soll das gewesen sein?" Der Herr antwortete wütend:

„In meiner Nacht mit Marie, aus der nichts geworden ist!" Gleichmütig schaute Hannes den Herrn an und meinte:

„In dieser Nacht habe ich nicht gut geschlafen. Ich konnte nur an Marie denken, an meine Frau, die Ihr Euch nehmen wolltet. Darum bin ich schon in aller Herrgottsfrühe am Hafen gewesen und mit Kuddel Junker rausgefahren. Fragt ihn doch selbst!"

Der Gutsherr ließ von ihm ab, hochrot im Gesicht. Er stellte sich vor die Sonntagsgemeinde und sagte:

„Wer von euch gesehen hat, wie der Christus zurückgebracht wurde, der melde es mir jetzt!"

Keiner sagte ein Wort. Der böse Blick des Gutsherrn sprach Bände, als er sich Hannes zuwandte:

„Du hast viel Glück gehabt und Marie dazu. Gib mir keinen Anlass zum Unmut, sonst ...."
Zornig verließ er die Kirche. Marie lehnte sich an Hannes und atmete tief durch.

„Ich hatte solche Angst", sagte sie und „wie glücklich bin ich, endlich deine Frau zu sein."

Hannes lachte fröhlich, zog Marie und ihre Mutter mit zu der Christusfigur, die alle drei anzulächeln und ihnen ein friedliches Leben zu wünschen schien.

„Menschenwachen kann nichts nützen, Gott muss wachen, Gott muss schützen", sprach Hannes leise und mit großem Dank im Herzen.

Die Windrose

Antonia und Leander schauten sich an. Beide standen noch unter dem Einfluss des eben Gehörten.

„Was für eine Liebesgeschichte" meinte Antonia und „wie froh bin ich, nicht damals gelebt zu haben, sondern heute. Aber warum wirst du deshalb verfolgt? Das macht doch keinen Sinn!"

Leander pflichtete ihr bei, überlegte kurz, schlug sich mit der flachen Hand vor die Stirn und rief:

„Es geht gar nicht um die Geschichte, das ist nur nettes Beiwerk. Zeig noch einmal das Papier mit der Windrose. Schnell!"

Aufgeregt fingerte Antonia den Bogen hervor, beide betrachteten die Windrose ganz genau. „Da steht noch etwas", sagte Antonia erstaunt und:

„Jetzt brauche ich eine starke Lupe!" Ungeduldig kramte sie in einer vollen Schublade herum. „Na endlich, da ist sie ja."

Schnell kehrte sie mit dem Objekt ihrer Begierde an den

Tisch zurück, gemeinsam betrachteten sie die Windrose. „Nord-Nord-Ost." Plötzlich stutzte Leander und senkte den Kopf tiefer über das Papier. Die Lupe hielt er dicht vor den Augen.

„Ja, hier, das könnte sein", brummelte er.
„Was ist los, sag schon!", Antonia hielt die Spannung nicht mehr aus. Sie sprang auf, ging im Raum umher, stellte sich hinter Leander, der noch immer beschäftigt war. Schließlich hob er den Kopf, lachte Antonia an und sagte:

„Der kleine Pfeil der Windrose ist ganz fein verlängert worden. In der Spitze könnte es ein Kreuz sein, daneben stehen Koordinaten. Na klar, der Mann war Fischer, der wusste mit einem Sextanten oder Kompass umzugehen. Kannst du die Zahlen lesen?"
Sie tauschten die Plätze, Antonia starrte angestrengt auf die Ziffern: 54° 39,6 N 9° 55,8' O`, kann das sein?"
„Ja, das sind die Koordinaten von Kappeln. Nun müssen wir den Standpunkt der Kirche bestimmen, um dann die Position des Schatzes – wenn es denn einer ist – zu ermitteln."
Aufgeregt machten sich die beiden an die Arbeit, leider vergeblich.

„Warte mal, Leander, du hast doch ein Smartphone, vielleicht gibt es ja eine passende App", fiel Antonia ein. Sofort nahm ihr Freund sein Smartphone aus der Tasche und machte sich auf die Suche.

„Du hast recht, darauf hätte ich auch kommen können, na ja: Kappeln hat wirklich die Koordinaten 54° 39,6 N, 9° 55,8' O. Sieh mal hier, die Koordinaten der Nikolai-Kirche weichen nur wenig ab. Wenn wir jetzt dem Pfeil auf der Windrose folgen, kommt noch eine Abweichung zustande. Ist auf dem Boot ein tragbarer Kompass?"

Antonia nickte, beide liefen zum Steg, sprangen in den Angelkahn, lösten die Leine und tuckerten aufgeregt nach Kappeln.

„Wie wollen wir jetzt vorgehen, Leander?" Er antwortete:
„Wenn wir die Position der Kirche auf dem Kompass angezeigt bekommen, müssen wir von dem Standpunkt aus dem kleinen Pfeil auf der Windrose folgen. Sieh her, ich habe ein Foto davon gemacht."

„Prima!" Antonia, die vor lauter Aufregung einen ganz roten Kopf hatte, legte an, machte das Boot fest und schaute sich erst einmal vorsichtig um.

„Es ist niemand von unseren „Freunden" zu sehen" sagte sie erleichtert und zog Leander wieder die Treppe zur Kirche empor. Es konnte gar nicht schnell genug gehen.

Die alten Stufen waren von der Witterung schon arg

mitgenommen und ziemlich abgetreten. Antonia schaute zu Boden, während sie nach oben eilten. Plötzlich blieb sie auf der drittletzten Stufe stocksteif stehen. Sie schnappte hörbar nach Luft, konnte nicht sprechen und deutete nur auf die linke obere Ecke der Stufe. Leander starrte hinab, bückte sich, kniete nieder und stand völlig entgeistert wieder auf.

„Hier muss der Schatz versteckt worden sein, genau hier. Die Windrose auf der Stufe sieht genauso aus wie die auf dem Pergament." Die beiden fielen sich freudestrahlend um den Hals, lösten sich aber schnell voneinander, da sie Schritte hörten. Ein Touristenpaar ging freundlich grüßend an ihnen vorbei.

„Was nun? Antonia, wir müssen bis zur Dunkelheit warten, bevor wir versuchen können, die Treppenstufe zu heben, um nachzusehen, ob dort ein Schatz vergraben liegt!"

Antonia und Leander heben den Schatz

Sechs endlos lange Stunden später war es soweit. Ausgerüstet mit Klappspaten, Brechstange und Taschenlampe waren sie wieder nach Kappeln gekommen. Die Turmuhr der Nikolaikirche war in der Dunkelheit nicht zu sehen. Nachts schlug sie ohnehin nicht, um die schlafenden Anwohner ringsherum nicht zu stören. Es musste nach 23.00 Uhr sein, als sie die drittletzte Stufe erreicht hatten. An der linken oberen Seite lag sie nicht ganz richtig auf, sondern hatte ein wenig Spiel. Leander versuchte sich am Brecheisen, konnte aber keinen Hebel setzen, im Übrigen stellte er sich etwas ungeschickt an.

„Na, das hast du auch noch nicht gemacht – oder?" Antonia nahm ihm das Werkzeug aus der Hand, setzte es gekonnt an und wollte gerade die Stufe anheben, als sie Stimmen hörten. Flink nahmen sie ihre Sachen, sprangen die letzten Stufen hinauf und liefen nach links. Neben dem Eingang zur Gruft versteckten sie sich mit klopfenden Herzen.

„Die kennen wir", zischte Antonia ihrem Freund aufgeregt zu, „das ist Magnuson mit seinen Gehilfen. Wir müssen vorsichtig sein!"

Leander nickte, lauschte dabei gespannt auf die Unterhaltung der immer näher kommenden Männer.

„Es muss etwas mit der Kirche zu tun haben", meinte Magnuson. „Der Bengel hat sich damals so wissend umgeschaut."

Seine beiden Begleiter sagten gar nichts.

„Wo können wir nur suchen?"

Magnuson schwieg, blieb anscheinend oben auf der Treppe

stehen. Nun kam es darauf an! Würde er sich nach links oder nach rechts wenden? Vorsichtshalber umarmten sich Antonia und Leander schon einmal ganz eng, um ein verliebtes Paar spielen zu können. Magnuson ging ein wenig nach links, blieb aber kurz vor dem Eingang zur Gruft stehen.

Leander und Antonia wagten kaum zu atmen. Sie verhielten sich ganz ruhig und hofften darauf nicht entdeckt zu werden.

„Morgen am späten Abend werden wir mit einem Seitenschneider das Schloss hier öffnen und in der Gruft nach dem Schatz suchen", erklärte Magnuson seinen Helfern. Einer von ihnen stotterte:

„Ja aber, da liegen doch Tote!"

„Hast du etwa Angst vor dem alten Patron? Der tut dir nichts mehr" meinte Magnuson verächtlich lachend. „Geister gibt es übrigens auch keine" fügte er hinzu.

„Ich erwarte euch morgen Abend gegen 23.00 Uhr hier am Eingang der Gruft. Bis dahin lassen wir die beiden in Ruhe, damit sie nicht allzu misstrauisch werden und die Polizei holen. Ist das klar?!"

Seine beiden Gehilfen mussten nicken, dann war Magnusons Stimme zu hören. „So, für heute ist das alles, lasst uns schlafen gehen." Die Schritte der Männer verhallten in der Dunkelheit.

Antonia und Leander ließen einander los, blieben vorsichtshalber noch etwas stehen, um nur ja nicht dem Gutachter Magnuson in die Hände zu fallen.

"Das war knapp, nun mal los. Jetzt versuchen wir die Stufe zu heben!" Gesagt, getan, nach einigen Anläufen lockerten sie die Stufe auf der linken Seite. Während Leander mit der Brechstange die Stufe hielt, grub Antonia mit dem Klappspaten darunter herum. Das Erdreich war hart, sie räumte kleinere Steine beiseite, das Loch wurde immer etwas tiefer. Schwitzend hielt sie inne, wischte sich den Schweiß von der Stirn und machte weiter. Minuten später stieß der Spaten auf etwas Hartes.

„Heb die Stufe weiter an, Leander" bat sie. „Hier ist etwas, aber so komme ich nicht heran" meinte sie aufgeregt. Leanders Arme zitterten vor Anstrengung, als er versuchte, die Treppenstufe weiter anzuheben.

„So geht es, halt gut fest" sagte Antonia und schaufelte weiter. Schon bald hockte sie auf den Knien, um besser graben zu können. Erst als sie mit den Unterarmen im Loch steckte, die Knie weh taten und der Atem stoßweise ging, stieß sie auf einen Widerstand. Nach weiteren zehn Minuten hatte sie es geschafft. Triumphierend zog sie eine kleine Schatulle heraus, die sie vorsichtig zur Seite legte.

„Halt bloß die Stufe fest, Leander", meinte sie und

nahm ihre alte Kauerstellung wieder ein. Entschlossen stieß sie den Spaten in die Erde und prüfte ganz genau, ob sie noch mehr alte Schätze finden konnte.

„Hier ist nichts mehr, lass uns alles wieder herrichten, damit niemand merkt, dass an dieser Stelle gegraben worden ist."

Schnell machten sie sich ans Werk. Bald sah alles so aus wie zuvor, lediglich die Treppenstufe war auf der linken Seite ein wenig abgesackt. Beim Schein der Taschenlampen sahen sie sich noch einmal um, hoben ihre Sachen und die Schatulle auf und liefen zum Boot. Gerade als sie ablegen wollten, hörten sie bekannte Stimmen. Schnell pressten sie sich auf den Boden des Bootes und drückten sich ganz dicht an die Bordwand. Antonia umklammerte Leander, während er achtern vorsichtig eine Reuse mit einem Werkzeug beschwerte, nach der Schatulle griff, sie hinein legte und alles mit größter Vorsicht über die Bordwand gleiten ließ. Das Seil der Reuse warf er um einen Haken in der Bordwand und häufte anderes Tauwerk darauf. So würde Magnuson den Schatz hoffentlich nicht finden.

Flucht

Inzwischen waren die Stimmen von drei verschiedenen Männern ganz genau zu verstehen. Sie mussten direkt vor ihrem Boot stehen.

„Sieh mal, Magnuson. Ist das nicht der Kahn von dem Mädchen?"
Gerade als Magnuson ins Boot schauen wollte, zischte eine Rakete über ihre Köpfe hinweg und blendete ihn. Erschrocken wandte er sich um und rief erbost:

„Was soll denn das, das Ding hätte mich ja treffen können!"
Antonia musste sich das Lachen verkneifen. Als gebürtige Kapplerin wusste sie, dass nun ein großes Feuerwerk folgen würde, das extra für die Touristen gemacht wurde. Die Rakete hatte einen falschen Kurs genommen, weil wahrscheinlich ein „Spaßvogel" die Abschussrampe gedreht hatte. Kaum war sie mit ihren Gedanken zu Ende gekommen, zischte schon die nächste Rakete über sie hinweg.

„Das ist ja lebensgefährlich", schrie Magnuson und rannte fluchend vom Steg weg. Leander und Antonia blieben ruhig liegen, deckten aber vorsichtshalber eine Plane über sich.

Nach zehn Minuten war das Spektakel zu Ende. Lachende Stimmen näherten sich dem Steg, Antonia stand geschwind auf, löste die Leinen und ließ den Motor an.

„Das war mal wieder knapp, Leander", meinte sie. „Hast du die Schatulle?"

„Ja, hoffentlich ist sie noch im Wasser, ich habe sie vorsichtshalber mit der Reuse über Bord geworfen", antwortete er.

„Fast hätten sie uns erwischt, Glück gehabt, denkst du nicht auch?"

Antonia nickte und sagte:

„Ich glaube, dass wir heute noch Besuch bekommen werden. Wenn Magnuson merkt, dass unser Boot nicht mehr am Steg liegt, wittert er ganz bestimmt Unheil!"

„Das kann schon sein, aber was machen wir jetzt mit der Schatulle? Soll ich sie im Wasser lassen?"

„Lieber nicht, wir wissen ja gar nicht, was darin ist; vielleicht sind es irgendwelche Papiere, die nass werden könnten!"

Leander zog vorsichtig die Reuse ins Boot, nahm die Schatulle heraus und schaute sie beim Schein einer kleinen Taschenlampe an.

„Das Schloss bekomme ich nicht ohne Werkzeug auf" sagte er in Antonias Richtung, die den Motor ausgemacht hatte und an ihrem eigenen Steg anlegte.

Dabei schaute sie angestrengt und ängstlich zum Haus.

„Die sind schon da, Leander, da oben blitzt immer wieder eine Lampe auf! Wir müssen hier weg, sonst haben sie uns" stieß sie erschrocken hervor, löste die Leinen und ruderte vom Ufer weg.

„Den Motor müssen wir später anwerfen, sonst ist es aus" meinte sie und ruderte aus Leibeskräften. Plötzlich erklang eine wütende Stimme:

„Da unten sind sie, da auf dem Fluss!" Magnuson fiel befehlend ein: „Los, nun spring` schon ins Wasser und schnapp` sie dir."

Der so Angesprochene reagierte wütend: „Bist du blöd, mach das doch selbst, ich kann nicht schwimmen!" Auch der zweite Mann schien sich zu weigern. Antonia warf den Motor an, der glücklicherweise sofort ansprang.

„Da unten, das Boot, das nehmen wir", hörten sie eine weitere Stimme rufen.

„Die meinen dein Segelboot" rief Leander erschrocken aus. Antonia lachte nur:

„Damit werden sie nicht weit kommen, der Motor ist defekt, und segeln können die ganz bestimmt nicht. Wieso suchen die uns eigentlich so plötzlich? Na ja, egal! Wohin wollen wir jetzt? Die Stadt werden sie nach uns umkrempeln. Am besten machen wir in Port Olpenitz fest und schauen uns dort den Schatz an. Später entscheiden wir, was wir danach unternehmen werden. Ist das okay für dich, Leander?"

„Na klar, das ist ein guter Plan."

Port Olpenitz

Nach 40 Minuten hatten sie Port Olpenitz erreicht. Mittlerweile war es stockdunkel. Antonia kramte unter allerlei Angelzeug eine große Lampe hervor, die sie aufblitzen ließ.

„Halte die Lampe bitte so, dass ich den Steg sehen kann, Leander" bat sie und drosselte den Außenborder. Ganz langsam näherten sie sich dem Steg, an dem nicht ein einziges Boot lag. Nur in ganz wenigen Häusern brannte Licht, Port Olpenitz war wirklich wie eine Geisterstadt. Plötzlich blendete sie ein Scheinwerfer, kurz darauf rief eine Männerstimme befehlend:

„Haut ja ab, sonst passiert was. Hier wird nicht mehr eingebrochen. Los, ich ruf jetzt die Polizei an!"
Antonia versuchte mit dem Mann zu reden, doch der schnitt ihr sofort das Wort ab.

„Was seid ihr für komische Vögel, die mitten in der Nacht hier festmachen wollen, dass stinkt doch gen Himmel"!

Leander schaute Antonia an, sehen konnte sie es nicht, aber ahnen.

„Ist schon gut, wir fahren weiter", rief sie dem Wachmann zu und sagte zu Leander:

„Nützt nichts, Ärger mit der Polizei und zu viel Fragerei können wir nicht brauchen – oder was meinst du?"

„Ja, lass uns lieber einen anderen Platz suchen." Langsam wurde es kalt auf der Schlei, der aufkommende Wind trug auch nicht zum Wohlbefinden der beiden Schatzsucher bei. Was nun? Sie konnten unmöglich die ganze Nacht auf dem Fluss verbringen.

„Wenn wir ganz dicht unter Land fahren, können wir es bis Olpenitz Dorf schaffen. Da wohnt ein guter Freund von mir, an dessen Steg wir anlegen können."

Vorsichtig steuerte Antonia das Boot dem Ziel entgegen. Sicht hatte sie fast gar keine, so dass sie heilfroh war, als der Mond die dunklen Wolken verdrängte und sein sanftes Licht ihr vorausschien.

„Noch nie habe ich mich so über das Mondlicht gefreut", lachte sie „und dabei bin ich manchmal Schlafwandler. Als Kind war ich bei Vollmond dauernd unterwegs und habe mich in ganz schöne Gefahren gebracht" erzählte sie. „Nach der Pubertät wurde es dann besser; und jetzt ist es – glaube ich – ganz vorbei."

Leander meinte nur:

„Also Toni, mit dir kann man wirklich etwas erleben. Wie gut, dass wir uns getroffen haben. Du bist wirklich die beste Freundin, die ich mir vorstellen kann!"

Antonias sagte prompt „dito", konnte sich aber nicht verkneifen zu bemerken:

„Für die Erlebnisse hast eigentlich du gesorgt, jedenfalls für die ganz spannenden!" Einträchtig schweigend setzten sie die Fahrt fort. Einige Zeit später schaute Antonia sich mit Hilfe der Lampe aufmerksam am Ufer um:

„Hier muss es gleich sein, schau mal mit, damit wir Raphaels Steg nicht verpassen." Beide starrten angestrengt Richtung Land und waren erleichtert, als sie den Steg erblickten. Neben einem Schiff, das Antonias Freund gehörte, vertäuten sie ihr Boot, nahmen die Schatulle an sich und gingen an Land.

Im Haus des Freundes brannte kein Licht. Antonia mochte ihn nicht mehr stören, und so marschierten sie weiter, bis sie zu einer Telefonzelle kamen. Dummerweise waren die Akkus ihrer Handys leer.

„Auf so etwas müssen wir besser achten" meinte Antonia. „Hast du noch eine Karte" fragte sie Leander, der seine Brieftasche durchwühlte, bis er eine Telefonkarte fand.

„Wollen wir uns ein Taxi rufen und nach Hause

fahren", erkundigte sich Leander. „Wir werden ja sehen, ob ein Wagen vor oder in der Nähe des Hauses hält."
„Ja, lass uns das tun" meinte Antonia. „Wahrscheinlich werden sie den Steg bewachen. Wir können natürlich früher aussteigen und das letzte Stück zu Fuß gehen. Und wenn wir im Haus kein Licht machen, kann eigentlich nichts passieren."

Leander orderte ein Taxi, das bald darauf die frierenden Freunde aufnahm und zur angesagten Adresse fuhr. Jetzt galt es für Antonia und Leander trotz aller Müdigkeit sehr wachsam zu sein. Im Taxi war es mollig warm, so dass den beiden immer wieder die Augen zufallen wollten.

Leander öffnet die Schatulle

200 Meter vor dem Haus ließen sie das Taxi halten, bezahlten und stiegen aus. Leider konnten sie so gut wie gar nichts sehen. Der Nebel hatte alles unter eine weiße, wabernde Glocke gelegt. Vorsichtig gingen sie los und sprachen bewusst nicht miteinander. Gerade als sie beim Nachbarhaus angelangt waren, sahen sie vor sich einen glühenden Punkt, der sich auf und ab bewegte, dazu schemenhaft die Umrisse eines Fahrzeugs.

„Das sind sie", flüsterte Antonia und griff nach Leanders Hand. Der lachte nur und meinte:

„Wie kann man so dumm sein und im Auto rauchen? Die Glut der Zigarette sieht sogar ein Blinder!"

Antonia antwortete nicht, sondern zog ihn kurzentschlossen auf das Nachbargrundstück:

„Wir müssen aufpassen, Focks haben überall Bewegungsmelder. Geh nicht näher an das Haus heran, wir schleichen uns an ihrer Hecke entlang zu unserem Grundstück."

Gesagt, getan, beide stolperten mehr, als dass sie gingen.

„Verfluchter Nebel" knurrte Leander, als er nach einem Sturz wieder aufstand. Ein unsanfter Rippenstoß seiner Begleiterin stimmte ihn nicht fröhlicher. Gerade als er etwas sagen wollte, hörte auch er Männerstimmen. Sie mussten auf Höhe des geparkten Fahrzeugs sein.

„Meinst du, dass die beiden heute Nacht noch herkommen? Ich glaube es nicht, die haben sich bestimmt irgendwo versteckt."

Sein Kollege brummte: „Verfluchter Mist, wir schlagen uns die Nacht um die Ohren und Magnuson liegt im Bett und schläft. Langsam stinkt es mir."

Der andere Mann stimmte missmutig zu und fragte: „Sag mal, wieviel sollst du eigentlich für diesen Job bekommen?" „1500,- € bar auf die Hand und noch einmal 3500 € dazu, wenn wir ihm den Schatz bringen."

„Was für eine Sauerei, mir will er genau die Hälfte geben, der feine Herr Gutachter. Na, dem werd` ich es zeigen, beim ersten Job, den ich für ihn mache, betrügt er mich schon!"

Antonia und Leander schlichen weiter an der Hecke entlang bis zu einer kleinen Lücke, durch die sie auf Antonias Grundstück gelangten und fast beim Nebeneingang herauskamen. Schnell öffnete Antonia die Tür, sie schlüpften hinein und gingen beim abgeblendeten Schein der Taschenlampe in einen fensterlosen Vorratsraum. Hier konnten sie endlich Licht machen, um im Hellen die Schatulle zu öffnen.

„Das kann dauern, ich möchte das Schloss nicht zerstören" stellte Leander fest und machte sich mit einem dünnen Draht ans Werk. Nach einer halben Stunde Tüftelarbeit war es geschafft! Voller Spannung öffnete Leander den Deckel und erstarrte: Vor ihm lagen Dutzende von goldenen Münzen, dabei noch ein ganz kleines Kreuz und ein eng beschriebenes Blatt Pergament. Antonia schrie bei dem Anblick der Münzen laut auf:

„Wir haben einen Schatz gefunden" rief sie und umarmte Leander ganz fest. „Ich freue mich so für dich! Das ist wirklich ein Schatz!"

„Kannst du bitte vorlesen, was der unbekannte

Schreiber noch für uns hat?!" Leander lachte über das ganze Gesicht und strahlte Antonia an.

„Klar", sagte sie, setzte sich hin, las und übersetzte sinngemäß, was da stand:

Cappelen anno 1773

„Hochwohlgeborener Finder! Anno 1773 ankerten Seeräuber in Höhe der Kirche zu Cappelen in der Schlei. An Land erzwangen sie von jedem vorübergehenden Mannsbild eine tiefe Verbeugung. Wer nicht gehorchte, machte mit ihrem Säbel Bekanntschaft. Unsere Frauenzimmer liefen kreischend auseinander und ließen ihre Marktstände zurück. Die Piraten bedienten sich großzügig und nahmen Fisch und Getreide, auch Pökelfleisch und Mehl mit sich. Drei Männer hatten zu schleppen, um alles an Bord zu bringen. Jedem Frauenzimmer, das sich nicht in Sicherheit gebracht hatte, zwangen die Piraten einen Kuss auf und hoben ihre Röcke hoch. Dabei johlten sie vor Vergnügen. Wir Männer waren wie gelähmt. Und ich, Carl von Morgentau, Pastor der St. Nikolai-Kirche zu Cappelen und Leiter einer kleinen Kommunität, hatte furchtbare Angst um unsere Schätze, die Schätze der heiligen Mutter Kirche. Glücklicherweise konnte mein Novize

Johannes entkommen. Zuvor hatte er einen langen Blick mit mir getauscht, und da wusste ich, dass er alles Wertvolle vor den Seeräubern in Sicherheit bringen würde. Meine flehenden Gebete begleiteten ihn, und ich empfahl ihn unserem gnädigen Gott zur Bewahrung an."

Johannes - Hüter des Kirchenschatzes -schrieb:

„Wie gut, dass die Piraten erst im Wirtshaus dem Alkohol zusprachen und sich mit Bier, Rum und Wein sinnlos betranken. Nur dadurch konnte ich ihnen entkommen, da sie nicht mehr sicher auf den Beinen waren. So schnell ich nur konnte, rannte ich hinauf zu unserer Kirche. Hier kniete ich vor dem Angesicht Christi nieder und bat um Hilfe für alle Menschen, die in den Händen der Piraten waren. Ich betete flehend und viel zu lange. Als ich mir dessen bewusst wurde, erhob ich mich und nahm das kostbare Abendmahlgeschirr an mich. Ich versteckte es in der geheimen Kammer unter dem Altar zusammen mit einer Schatulle voller Golddukaten. Von den Golddukaten nahm ich zuvor ab und füllte eine kleinere Schatulle damit. Sie wollte ich an anderer Stelle verbergen. Im schrecklichen Fall einer Brandschatzung würde so wenigstens etwas von dem Kirchenvermögen übrigbleiben."

Der Novize Johannes rannte geschäftig in der Kirche umher. Das Kreuz und die Berichte über St. Nikolai hatte er schon im finstersten Winkel des Dachbodens versteckt und allerlei Plunder darauf gehäuft. Die kleine Schatulle mit den Golddukaten vergrub er in der Nacht unter der dritten Stufe der Treppe, die hinab zum Hafen oder empor zur Kirche und auf den Friedhof führte. In die linke obere Ecke ritzte er eilig eine winzige Windrose. Nach getaner Arbeit versuchte Johannes die Flucht aus Cappelen; wurde jedoch von marodierenden Seeräubern gestellt und sofort getötet. Jetzt wusste nur Gott, der Herr, wo der Schatz verborgen war.

Als die Seeräuber am späten Abend völlig betrunken die Kirche plündern wollten, fanden sie nichts, was sie hätten mitnehmen können.

„Wieso hast du hier keine Golddukaten, Pastor", fragten sie den an den Händen gebundenen Pastor. „Und wo ist das Kreuz?"

„Ich weiß es nicht, so wahr mir Gott helfe."

„Irgendwer muss vor uns hier gewesen sein. Er hat die Golddukaten und das Kreuz mitgehen lassen. Wie stehen wir denn jetzt da?"

Der Pirat stieß den Pastor – Carl von Morgentau – rüde zurück, so dass er stolperte und auf den steinernen Boden der Kirche mit dem Kopf aufschlug. Sofort strömte das Blut, ihm wurde schwarz vor Augen, und er verlor gnädiger weise die Besinnung. Ein Mann verpasste ihm noch einen Fußtritt, den er nur im Unterbewusstsein spürte.

„Der ist hin", hörte er lachend einen anderen Mann sagen und „los, wir wollen es ihm noch schön warm machen".

Die mitgekommenen Seeräuber lachten und johlten und suchten nach Feuer. Und Carl von Morgentau empfahl seine Seele dem allmächtigen Gott an und ergab sich in sein Schicksal. Er würde mit und in seiner Kirche verbrennen.

Glücklicherweise waren die Piraten zu betrunken, um richtig Feuer zu legen. Sie zündeten zwar an verschiedenen Stellen die Kirche an, übersahen aber die alte Feuerspritze, die unter Bäumen versteckt am Rande des Kirchhofs stand. Die Männer der Brandwache konnten so schnell eingreifen und die Brände löschen. Auch Carl von Morgentau wurde gerettet, da er gerade noch rechtzeitig auf sich aufmerksam machen konnte.

Zur gleichen Zeit lichteten die Seeräuber den Anker und segelten davon, erstaunt darüber, dass noch keine Flammen aus dem Kirchturm schlugen. Aber: aus den Augen, aus dem Sinn, die meisten von ihnen mussten ohnehin ihren Rausch ausschlafen.

Pastor Carl von Morgentau trauerte um seinen

Novizen Johannes, der bald von anderen Menschen tot geborgen und gemeinsam zu Grabe getragen wurde. Sein Wissen, wo er die Schätze der Kirche verborgen hatte, nahm er mit ins Grab...

Antonia und Leander standen noch völlig im Bann des eben Gelesenen. Beide mussten die Geschichte von dem mutigen Novizen Johannes und Carl von Morgentau erst einmal sacken lassen und die vielen Eindrücke für sich ordnen. Irgendwann begriffen sie, dass sie ein ungemein wertvolles Zeitzeugnis in Händen hielten, dazu die Golddukaten, für die Magnuson wirklich alles tun würde. „Er hatte wirklich einen guten Riecher," meinte Leander zu Antonia. „Und er ist ein Besessener, der niemals von seinem Plan abweicht oder aufgibt."

Und nun?

Die ganze Nacht über hielten Antonia und Leander Wache, damit keiner von Magnusons Leuten einsteigen konnte. Völlig übermüdet hörten sie früh am nächsten Morgen einen Automotor aufheulen. Mit quietschenden Reifen raste das Fahrzeug davon. Antonia lief aus dem Haus und sah ihren Nachbarn mit erhobenen Fäusten auf der Straße stehen.

„Was ist denn los, Herr Fock? Sie wirken so aufgebracht!" Der Nachbar drehte sich um.

„Ach, Antonia, du bist es. Hast du denn nicht gesehen, dass dieser Wagen die ganze Nacht vor meinem Haus stand. Ab und zu stieg ein Mann aus und schaute sich um. Die wollten mich garantiert ausspionieren und später überfallen. So wie euch vorgestern, aber nicht mit mir, nicht mit Robert Fock!"

Antonia lobte die gute Beobachtungsgabe ihres Nachbarn und meinte:

„Die Kerle haben sie ja nun in die Flucht geschlagen, so schnell traut sich niemand mehr zu uns!"

Die beiden verabschiedeten sich voneinander, Antonia kehrte ins Haus ihrer Eltern zurück, wo Leander schon den Kaffeetisch gedeckt hatte.

„Ich bin einfach an den Tiefkühler gegangen und habe Brötchen herausgenommen", erzählte er und fuhr lächelnd fort:

„Nach dieser Nacht brauchen wir einen starken Kaffee und etwas im Magen, damit wir später das Richtige tun mit unserem Schatz."

Der Schatz bereitete seinen beiden Entdeckern große Kopfschmerzen. Natürlich konnten sie damit zur Polizei gehen, aber dann käme Magnuson wieder ungeschoren davon. Außerdem waren sich Antonia und Leander einig, dass die breite Öffentlichkeit über den Fund informiert werden sollte. Was tun? Im Haus behalten konnten sie die Münzen und Dokumente auf gar keinen Fall. Vielleicht wäre es am besten, ein Schließfach in einem Geldinstitut zu mieten, um erst einmal alles darin zu verstecken.

Gesagt, getan, Antonia nahm Leander mit zur Bank und mietete ein Schließfach. Beide folgten der Angestellten in den Keller, in dem sich die Stahlfächer befanden. Hier mussten sie ein am Schalter genanntes und schriftlich niedergelegtes Kennwort nennen, bevor sie ihren Schlüssel in das Schloss stecken durften, den anderen hatte die freundliche Kundenberaterin parat. Als das Schließfach geöffnet war, ließ sie ihre Kunden allein, lehnte aber die Tür hinter sich nur an. Dem Mann, der vor der Tür zu warten schien, schenkte sie keine Beachtung. Er lächelte triumphierend und warf einen langen Blick durch den Türspalt.

„Verfluchter Mist, nun müssen wir auch noch das Schließfach knacken, es wird immer komplizierter. Und Magnuson kümmert sich um gar nichts. Alles bleibt an mir hängen" grummelte es in ihm.

Vorsichtshalber verließ der Mann die Bank und ging ein Stück weiter nach rechts. Hier gab es eine Buchhandlung, die viele „Schnäppchen" vor dem Geschäft ausgelegt hatte. Der Mann tat so, als ob er sich für ein Junggesellen-

Kochbuch interessieren würde, behielt aber den Ausgang der Bank im Blick. Als Antonia und Leander herauskamen, folgte er ihnen in sicherem Abstand. Die beiden schlenderten scheinbar ziellos durch die Stadt, tranken unterwegs einen Kaffee, aßen einen Hotdog und hatten alle Zeit der Welt.

Der Verfolger war von diesem sinn- und planlosen Herumbummeln hochgradig genervt, als sein Handy klingelte. Magnuson war am Apparat. „Bist du noch an den beiden dran? Warum wird mir kein Bericht erstattet?"

„Was soll ich denn noch alles tun? Für die minimale Bezahlung können sie nicht mehr erwarten. Legen sie ruhig noch einmal das Doppelte drauf, damit ich ihnen erzähle, was ich beobachtet habe."

Magnuson geriet außer sich und schrie ins Telefon: „Was bildest du dir ein, du elender Wurm. Wenn ich dich zwischen die Finger kriege, dann Gnade dir Gott!"

„Wie unfreundlich, beherrschen sie die einfachsten Höflichkeitsregeln nicht mehr? Ich habe ihnen kein „Du" angeboten. Und wenn sie weiter so schreien, hören sie nicht, was ich in Erfahrung gebracht habe. Also..." und hier wurde die Stimme schärfer: „In einer Stunde habe ich mein Geld. Wir treffen uns vor der Mühle, da sind genug Menschen um uns herum. Im Übrigen ist es nicht gerade eine Empfehlung, mit ihnen gesehen zu werden!"

Der Mann legte auf, lachte laut und machte sich auf den Weg zur Mühle. Leander und Antonia interessierten ihn nicht mehr. Auf ihn wartete Geld, alles andere war ihm egal.

Zur abgemachten Zeit hatte er sich unter die Besucher der Mühle Amanda geschmuggelt und wartete auf Magnuson. Sowie er ihn erblickte, ging er an den Rand des Mühlengrundstückes, winkte Magnuson heran, der wütend ausrief:

„Wink noch mehr! Klar, es ist immer gut mit einem mehrfach vorbestraften Verbrecher gesehen zu werden!"

„Her mit dem Geld", blaffte ihn der andere an „oder ich werde ganz laut!"

Magnuson schaute sich um. Im Augenblick warteten nur wenige Touristen auf ihre Gruppe. Er griff in die Tasche, zog einen Umschlag heraus und gab ihn seinem Gegenüber. Der schaute hinein, lächelte zufrieden und meinte nur:

„Na also, geht doch. Bis heute Abend, bis zum großen Zapfenstreich."

Der eine fröhlich, der andere wütend, zogen sie von dannen.

Die ganze Zeit über hatten Antonia und Leander ihren Verfolger im Blick gehabt, auch wenn es gar nicht danach aussah. Als sie sicher waren, dass er verschwunden war, drehten sie um und gingen zurück in die Bank und kündigten das Stahlfach. Ihr Weg führte sie in die Sparkasse, wo sie ein Schließfach eröffneten. Im Keller allein gelassen griff Leander tief in die Innentasche seiner Jacke und zog einen großen Umschlag heraus. Antonia „zauberte" die gerade gefundene Schatulle aus ihrer Handtasche hervor. Beides fand Platz im Schließfach. Zurück in der Schalterhalle baten sie darum, den Geschäftsstellenleiter sprechen zu können, den Antonia gut Kindheit kannte. Zu Leanders Überraschung stand ihnen Cornelius, sein alter Freund und Kamerad, gegenüber. Die Männer freuten sich sehr, einander zu sehen, Antonia lächelte dazu. Die Überraschung war ihr gelungen. Später bat sie Cornelius, ihren Schließfachschlüssel im Tresor aufzubewahren und nicht darüber zu sprechen.

„Weißt du, meine Eltern sind im Urlaub, ich arbeite tagsüber und eingebrochen worden ist auch schon. Da will ich kein Risiko eingehen und die Wertsachen meiner Eltern außer Haus schaffen."

Cornelius tat ihr gern den Gefallen. Beide versprachen sich bald bei ihm zu melden, um ein Treffen auszumachen, zu dem Jonathan auch kommen sollte. Lächelnd verließ Antonia die Sparkasse. Leander konnte sich nicht verkneifen zu sagen:

„Na, bahnt sich da etwas zwischen Cornelius und dir

an?" Gleich darauf nahm er Antonia freundschaftlich in den Arm und sagte: „Ich freue mich doch für dich, wenn es etwas wird mit euch!"

Zufrieden gingen die beiden heim und amüsierten sich über ihren gelungenen Schachzug. Magnuson und seine Helfer mussten glauben, dass der Schatz in einem Schließfach in der Bank versteckt war. Was würden sie wohl tun? Einen Bankeinbruch wagen? Und das alles wegen eines Schatzes, von dem sie nicht einmal genau wussten, ob er tatsächlich existierte.

„Das werden die Kerle nicht riskieren" meinte Leander.

„Trotzdem sollten wir uns heute Nacht in der Nähe der Bank verstecken und alles beobachten. Sollte Magnuson den Einbruch wagen, können wir die Polizei verständigen, und wir sind ihn endlich los", überlegte Antonia laut und setzte hinzu: „Vielleicht will Cornelius uns ja dabei helfen" an. Leander lachte, dachte kurz nach und sagte:

„Das ist gar nicht so schlecht. Wir könnten zusammen mit Cornelius in der Sparkasse auf die Kerle warten. Von der Schalterhalle aus hat man den Eingang der Hypo-Vereins-Bank doch ganz gut im Auge." Kurz entschlossen ließ sich Leander telefonisch mit Cornelius verbinden:

„Cornelius, ich habe eine große Bitte an dich. Wenn

es dir irgendwie möglich ist, komme bitte nach Feierabend zu Antonia. Ich muss dir unbedingt etwas erzählen. Wenn du magst, kannst du auch Jonathan mitbringen, damit die „drei Musketiere" mal wieder zusammen sind. Vielleicht warten ja neue aufregende Erlebnisse auf sie."

„Du machst mich aber neugierig, Leander. Ich werde da sein und Jonathan mitbringen. Bis dann."

Den Rest des Tages verbrachten die beiden ruhig und gemütlich. Für den vorabendlichen Besuch bereiteten sie einige Platten mit belegten Broten zu und stellten Getränke bereit.

Und dann waren sie da, die Freunde der Jugend: Cornelius und Jonathan. Alle freuten sich, einander wieder zu sehen. Antonia gehörte von Anfang an dazu. Die Blicke, die zwischen ihr und Cornelius getauscht wurden, sprachen eine deutliche Sprache. Kappeln hatte ein neues verliebtes Paar. Leander freute sich für die beiden. Die belegten Brote waren im Nu verzehrt. Alle setzten sich bequem zurück und warteten auf Leanders Bericht.

Er tat sich schwer damit, die Kameraden von einst auf den neusten Stand der Dinge zu bringen. Wie sollte er nur beginnen? Antonia warf ihm einen aufmunternden Blick zu und erzählte von ihrem turbulenten Kennenlernen. Cornelius und Jonathan schüttelten die Köpfe und fragten:

„Hast du die Männer gekannt, die dein Auto

aufgebrochen haben?"

„Nein, aber ich habe damit gerechnet, dass sich etwas tun würde. Seit ich aus Kappeln weg bin, haben sich überall dort, wo ich war, merkwürdige Dinge ereignet. Mal wurde ich in Chile überfallen und verprügelt, in Den Haag klaute man mir die Brieftasche, dafür hatte ich einen Zettel in der Tasche: „Her mit dem Schatz oder du bist des Todes!" musste ich lesen. In Hamburg sah ich den Gutachter von einst, wie er hinter mir her zu sein schien. Entschuldige, Antonia, ich habe dir zu den Überfällen nicht alles erzählt, weil du keine Angst haben solltest. Verzeih mir bitte."

Antonia winkte freundlich lächelnd ab, sagte: „Ist schon gut" und nahm wieder Blickkontakt mit Cornelius auf, der sie anlächelte. Jonathan schaute Leander mit gerunzelter Stirn an und sagte:

„Steh ich auf der Leitung oder kann ich die Sache mit dem Schatz nicht verstehen?"
Nun war die Zeit da, Leander musste seinen Freunden alles gestehen. Bei seiner Erzählung ruhten sogar Cornelius Augen auf ihm. Die Jugendfreunde ließen sich gefangen nehmen von den Ereignissen, die einst auf dem Glockenboden der Kappelner Kirche begonnen hatten.

„Warum hast du uns nichts von den Papieren gesagt", wollte Jonathan wissen. „Wir waren doch

„Blutsbrüder" und beste Freunde."

„Ich schäme mich dafür, aber damals fand ich keine Gelegenheit mehr, nachdem ich den Gutachter und unseren Pastor angelogen hatte. Auf jeden Fall, und das müsst ihr mir bitte glauben, auf jeden Fall hätte ich ohne euch den offiziellen Stellen nichts davon berichtet oder ihnen die Dukaten und die Papiere übergeben. Mir ging es um das Lösen des Geheimnisses. Ich möchte mich bei euch entschuldigen, dass ich so gehandelt habe."

Cornelius und Jonathan schauten sich an, standen auf, gingen sofort auf Leander zu und umarmten ihn als Zeichen ihrer Freundschaft, der die dazwischenliegenden Jahre nichts hatte anhaben können.

Jetzt war die Reihe an Antonia. Sie erzählte ihnen, so gut es ging, die Geschichte von Hannes Faber, dem Novizen Johannes und Carl von Morgentau. Obwohl die Freunde kaum noch aufnahmefähig waren, berichtete sie ihnen noch alles, was sich in nur drei Tagen in Kappeln ereignet hatte.

„Na ja, dann sind wir „drei Musketiere" jetzt wohl zu „vier Musketieren" geworden", lachte Cornelius und strahlte Antonia an. Sie wurden sie sich einig, dass sie in die Stadt gehen wollten, um von der Sparkasse aus zu sehen, ob Magnuson und seine Helfer in die Bank einbrechen würden. Vielleicht würde so enden, was vor über 20

Jahren begonnen hatte.

Vorbereitung – auch ein Bankraub braucht Planung

Vorsichtshalber hatte Cornelius seinen Kollegen von der Bank davon in Kenntnis gesetzt, dass möglicherweise ein Überfall stattfinden würde. Nachdem sich die erste Aufregung gelegt hatte, war Lasse Hansen bereit, Magnuson und seine Helfer erst einmal gewähren zu lassen. Sowie sie zu den Stahlfächern gelangt sein würden, müsste aber auf jeden Fall die Polizei benachrichtigt werden.

Antonia würde zusammen mit Leander den Eingang der Bank im Auge behalten. Lasse Hansen hatte sich mit Jonathan zusammen getan, um in der Bank zu wachen. Hier gab es Überwachungskameras und ein ausgeklügeltes Alarmsystem. Cornelius, den niemand von der Gegenseite kannte, sollte draußen herumschleichen, um sicher zu gehen, dass die Ganoven sich nicht einen anderen Zugang zur Bank verschaffen würden.

Der Nachmittag verging langsam. Die Freunde saßen zusammen in Antonias Elternhaus, unterhielten sich und erzählten einander, was sich in den vergangenen Jahren ereignet hatte. Dennoch ertappten sie sich gegenseitig dabei, wie sie zur Uhr schauten und nervös mit den Fingern trommelten. Lasse Hansen stieß später zu der kleinen Gruppe und wurde in die Geschichte des Schatzes eingeweiht.

„Meine Güte, da hat euch alle die Vergangenheit eingeholt. Für dich, Leander, kamen ihre Schatten mit geballter Macht zurück, und zuvor hatten sie sogar dein Leben auf einem anderen Kontinent verdunkelt."

Leander nickte, lächelte in die Runde und meinte: „Ich werde sicherlich froh sein, wenn die Geschichte ein gutes Ende findet, der Gutachter verhaftet und der Schatz in einem Museum untergebracht sein wird. Fast ein viertel Jahrhundert hat mich die Sache gequält, nun muss sie mit konzentrierter Freundeskraft hier in Kappeln ihren Höhepunkt finden. Was einst in der Nikolai-Kirche begann, sollte eigentlich auch dort enden. Was haltet ihr davon, wenn wir Pastor Johannsen dazu einladen würden. Soweit ich weiß, lebt er in Arnis und soll noch ganz rüstig sein."

Die Freunde stimmten zu, nur Antonia hatte noch Bedenken.

„So geht das nicht, wir müssen wenigstens die hiesigen Pastoren um Erlaubnis bitten, die Presse einladen und den neuen Schleswiger Gutachter. Vielleicht sollten wir auch an die Polizisten denken, die gleich tätig werden und die Männer verhaften müssen.

Jonathan sagte in die Runde hinein: „Antonia hat in allen Punkten den Nagel auf den Kopf getroffen. So machen wir es. Wenn ihr einverstanden seid, möchte ich dich, Antonia, bitten, die Gemeindepastoren einzuladen. Cornelius kann sich um die Presse kümmern, Jonathan um den Schleswiger Kurator. Ich werde die Termine koordinieren und mit euch telefonisch in Verbindung stehen. Doch zunächst einmal müssen wir Magnuson und seine Helfer auf frischer Tat ertappen."

Er schaute auf die Uhr, guckte nach draußen in die einsetzende Dunkelheit.

„Lasst uns lieber in die Stadt gehen und unsere Beobachtungsposten einnehmen."

Alle räumten das Geschirr ab, trugen es in die Küche und stellten es in die Geschirrspülmaschine.

„Wollen wir das Boot nehmen oder lieber laufen?", wollte Antonia wissen.

Man entschied sich für den Angelkahn, in dem Antonia schnell noch einen Mast mit Positionslampe hochzog. Leander ließ den Motor an, schon tuckerte die kleine Gruppe nach Kappeln. Sie legten gleich hinter der Schleiprinzess an, kletterten mit einem großen Schritt die Kaimauer hoch und liefen in die Stadt zur Sparkasse. Hier trennten sie sich: Lasse Hansen und Jonathan verschwanden in der gegenüberliegenden Bank, die anderen nahmen ihren Beobachtungsposten in der Sparkasse ein. Nur Cornelius lief draußen herum und ließ die Bank nicht aus den Augen. Er war sich sicher, dass der Weg zu den Stahlfächern nur durch die Schalterhalle führte.

Die Zeit verging langsam, auf beiden Seiten wurden die Bewacher müde. Cornelius fror ganz erbärmlich und sehnte ein baldiges Ende seiner Wache herbei.

Die Turmuhr der Nikolai-Kirche hatte gerade 20.00 Uhr geschlagen, als sich ein Mann der Bank näherte.

Lasse Hansen und Jonathan beobachteten am Monitor das Geschehen. Eine Kamera nahm glücklicherweise den Eingangsbereich auf. Der Mann trat ein und schaute sich gründlich um. Sein Gesicht war durch einen hochgezogenen Schal und einen Hut mit breiter Krempe nicht zu erkennen. Er ging zum Geldautomaten, war aber nicht daran interessiert, sondern an den Kameras, die in der Halle hingen. Nachdem er sich ihren Standort eingeprägt hatte, schaute er auf das Schloss der Tür, die zu den Schließfächern führte.

„Was macht der nur" wunderte sich Jonathan; „ich verstehe das nicht." Lasse Hansen stieß ihn an, wollte etwas sagen, verstummte aber, weil gerade in diesem Moment der Schal des Mannes rutschte und man einen winzigen Augenblick lang sein Gesicht sehen konnte. Er schnappte hörbar nach Luft:

„Das ist tatsächlich der Gutachter Magnuson, ich habe mal gegoogelt und mir den Typ angesehen. Der hat sich eiskalt die Lage der Überwachungskameras eingeprägt und scheinbar auch das Schloss der Tür nach unten." Inzwischen war das Gesicht des Mannes wieder verdeckt. Er schien die Bank verlassen zu wollen, wurde aber durch einen anderen Kunden gestört. Sofort wandte er sich ab und ging erst, als der Kunde dem Geldautomaten seine Aufmerksamkeit zuwenden musste.

„Na, da haben wir heute Nacht ja einiges zu erwarten" meinte Lasse Hansen noch völlig perplex. Jonathan nickte nur. Beide ließen sie eine gute viertel Stunde verstreichen, bevor sie aus der Bank kamen und rüber zur Sparkasse gingen. Alle zusammen überlegten sie, was nun zu tun sei.

„Wenn wir jetzt schon die Polizei anrufen, kann alles schiefgehen" meinte Cornelius. „Wir wollen die Burschen doch gern auf frischer Tat ertappen – oder?" Alle nickten zustimmend.

„Na, dann werden wir uns auf eine lange Nacht einstellen müssen" lachte Antonia und sah dabei den durchgefrorenen Cornelius an.

„Ich hole uns schnell einen Grog zum Durchwärmen" meinte sie und lief eiligen Schrittes in das neben der Bank gelegene Hotel Aurora. Kurze Zeit später konnten sich alle die Finger an ihrem Grogbecher wärmen. Der Alkohol rieselte langsam die Kehle hinunter und verbreitete eine angenehme Wärme in ihnen.

Die ganze Zeit über hatten sie den Eingang zur Bank im Auge behalten, aber nichts passierte. Lasse Hansen und Jonathan gingen zurück, Cornelius schaute sich draußen um, suchte dann aber Schutz in der Sparkasse. Leander guckte gegen Mitternacht auf die Uhr, erneut gegen 1.20 Uhr. Kurz darauf tat sich etwas. Die Tür zur Schalterhalle öffnete sich, drei vermummte Männer traten ein. Ohne Zeit zu verlieren, eliminierten sie die Überwachungskameras. Leander und Lasse Hansen konnten nichts sehen, die Kameras funktionierten nicht mehr!

„Wieso wurde kein automatischer Alarm ausgelöst?" wunderte sich der Bankdirektor. „Was tun wir denn jetzt?" Die Männer schauten sich ratlos an.

„Vielleicht können wir die Tür einen Spalt weit öffnen, damit wir merken, was passiert." Mit aller Vorsicht öffneten sie die Tür zur Schalterhalle und blinzelten angestrengt durch den Spalt hindurch. Lasse Hansen lief rot an und flüsterte aufgeregt:

„Sie müssen die Tür zum Gewölbe schon geknackt haben; ich kann sie nicht mehr sehen."

Der Bankraub oder das Ende vom Anfang

Jonathan zog den verblüfften Bankdirektor mit sich. Obwohl es mehr als leichtfertig war, gingen sie in die Schalterhalle und zu der nur angelehnten Tür. Horchend blieben sie oben stehen. Magnuson und seine Gehilfen schienen sich zu streiten.

„Wir wollen mehr Geld haben" sagte einer der Männer zu Magnuson. „Wir haben die ganze Arbeit gemacht, während du auf der faulen Haut gelegen hast!" Wütend erwiderte der Gutachter:

„Ohne mich hättet ihr doch niemals von der Sache erfahren. Und zuerst müssen wir den Schatz ja wohl finden. Ich habe nicht umsonst über ein viertel Jahrhundert den Jungen von einst verfolgt! Immer wieder musste ich seine Spur finden, schließlich ging ich ja einer offiziellen Beschäftigung nach. Jeden Urlaub, nein, jede freie Minute habe ich damit verbracht, ihm auf den Fersen zu bleiben. Bis nach Chile bin ich gereist, um zu sehen, ob seine Familie einen aufwendigen Lebensstil führt. Hat sie aber nie getan. Und später, als der Kerl erwachsen war, hat er sich von keinem meiner Schläger irritieren lassen. Der konnte ordentlich einstecken. Wenn das hier und heute nichts wird, bringen wir das Mädchen in unsere Gewalt. An der Stelle wird er angreifbar sein, da bin ich mir sicher!"

Der dickere der beiden Helfer schnaubte wütend: „Eine Geiselnahme nehmen wir nicht auf unsere Kappe. Weißt du, wie viele Jahre Knast das bedeutet? Ne, ohne uns!"

„Wie konnte ich mich nur mit zwei Feiglingen einlassen" entgegnete Magnuson. Nach kurzer Pause fügte er hinzu: „Na los, lasst uns endlich unsere Arbeit tun!" Lasse Hansen stieß Jonathan an und flüsterte:

„Jetzt müssen wir die Polizei rufen, bevor sie da unten alles zerstören." Jonathan nickte, nahm das Handy aus der Tasche, reichte es weiter. Hansen ging zurück in den Überwachungsraum und meldete sich:

„Hier Lasse Hansen, Direktor der Hypo-Vereinsbank. Ich möchte einen Bankraub melden. Drei Männer sind unten im Gewölbe und wollen ein Schließfach aufbrechen. Die Überwachungskameras sind schon außer Betrieb gesetzt." Er lauschte.

„Nein, ich mache keinen schlechten Scherz! Ich bin der Bankdirektor und vor Ort!" Erneut hörte er zu: „Ja, ich werde den Zugang verschließen. Kommen sie bitte ohne Sirene, damit die Täter nicht aufgeschreckt werden."

Es dauerte knapp fünf Minuten, bis vier Polizeibeamte mit gezogenen Waffen die Bank stürmten. Jonathan winkte sie heran und zeigte ihnen den Zugang zum Gewölbe. Vorsichtig öffneten sie die Tür. Es roch brenzlig, irgendetwas zischte. Plötzlich vernahmen sie ein lautes Knacken und unterdrücktes Jubeln der Männer.

„Das muss die Stahltür zu den Schließfächern sein", hauchte Lasse Hansen einem Polizeibeamten ins Ohr. Der nickte nur, drängte Jonathan und Hansen zurück.

„Ihr bleibt da", befahl er und gab seinen Begleitern einen Wink. Mit gezogenen Pistolen schlichen sie die Stufen runter. Was sie sahen, setzte sie in Erstaunen. Die Tür zu den Schließfächern stand sperrangelweit offen. Drei Männer verdeckten eines der Fächer. Einer von ihnen schien ein Schweißgerät zu benutzen. Es klickte mehrmals, dann war alles still. Die Polizisten konnten sehen, wie Magnuson seine beiden Komplizen grob zur Seite stieß, die Kassette an sich riss, einen kleinen Kuhfuß ansetzte und mehrere Schlüssel ausprobierte.

„Darauf habe ich über 20 Jahre gewartet", sagte er schwer atmend. Er öffnete die Kassette und fand … nichts! Jegliche Farbe wich aus seinem Gesicht. Voller Wut warf er die Stahlkassette in die Ecke, packte einen der beiden Männer beim Kragen und würgte ihn. Der andere Mann riss ihn zurück.

„Loslassen! Willst du ihn umbringen oder was?" Der Gutachter holte tief Luft und legte los:

„Wie konnte ich mich nur mit euch einlassen? Nicht einmal das richtige Schließfach habt ihr euch gemerkt. Habt ihr Stroh im Kopf? Die Dinger haben Nummern, hier, seht ihr: Nummern. Ihr seid beide einfach zu blöd für eine große Sache." Zornig gab er beiden eine gewaltige Ohrfeige und zog vorsichtshalber eine Waffe aus der Tasche.

„Kommt nicht auf dumme Ideen" rief er aus, „ich knall euch ab wie räudige Hunde!"
Bevor die Beamten noch eingreifen konnten, warf sich einer der beiden Männer auf ihn. Der Gutachter drückte den Zeigefinger durch, doch nichts geschah: Kein Knall, kein Schuss, kein toter oder verletzter Gehilfe! Magnuson wurde blass, gleich darauf knallrot, weil der andere ihn würgte und ihm mit der Waffe auf die Nase schlug. Sofort spritzte das Blut.

„Vollidiot, wenn du mich abknallen willst, musst du den Hahn umlegen, bevor du schießt!" Seinen Worten ließ er noch einen äußerst schmerzhaften Fußtritt folgen.

Die Polizisten hatten genug gesehen und gehört, jetzt konnten sie ohne Gefahr eingreifen, die Männer waren nur mit sich selbst beschäftigt.

„Polizei, Waffe weg oder wir schießen!"
Völlig überrumpelt nahm Magnuson die Arme hoch und stotterte:

„Die beiden haben mich gezwungen, mit ihnen hier herunter zu gehen. Sie wollten die Stahlfächer ausräumen, und ich musste Schmiere stehen!"
Seine Komplizen konnten vor Wut nicht richtig sprechen.
„Glauben sie das nicht! Er ist der Anführer! Seit über 20 Jahren ist er hinter einem Schatz her. Wir sind nur zwei kleine Lichter, die sich auf den Falschen eingelassen haben. Und dann hat er noch versucht, uns um unsere Anteile zu betrügen! So einer ist das! Für den zählt ehrlich vollbrachte Arbeit nicht!"
Magnuson schnaubte wütend durch die Nase.
„Halts Maul, du Stümper", rief er aus und ließ sich die Handfesseln anlegen. Auch die beiden anderen konnten schon bald ihren neuen Armschmuck bewundern.

Während sich die Polizisten den aufgebrochenen Safe ansahen, schlich Magnuson in einem unbeobachteten Moment aus dem Raum. Flink stieg er die Treppe empor und war sich seiner gelungenen Flucht fast schon sicher. Sein triumphierendes Lächeln machte einer düsteren Miene Platz, als er am oberen Ende der Treppe ausgerechnet Leander gegenüber stand. Süffisant lächelnd sagte er:
„So sieht man sich wieder, Magnuson". Er hielt ihn solange fest, bis ein Beamter oben war und den laut fluchenden Gefangenen zum Polizeiwagen führte.

Als alle drei Bankräuber gut verstaut waren, wurden

Lasse Hansen und Jonathan gebeten, gemeinsam mit den anderen am nächsten Morgen zur Wache zu kommen, damit ein Protokoll aufgenommen werden konnte.

Die „vier Musketiere" und Lasse Hansen sprachen aufgeregt durcheinander. Ihr Weg führte sie zum Boot, mit dem sie gemütlich zu Antonias Haus tuckerten. Hier angekommen berichteten Leander und Lasse Hansen den anderen alles, was sie erlebt hatten.

Die durchgemachte Spannung übertrug sich auf die Zuhörer, an Schlaf war gar nicht zu denken. Immer wieder kamen sie auf Einzelheiten zurück, die ihnen noch unklar waren. Erst in den frühen Morgenstunden gingen sie zu Bett.

Die Nacht war nur kurz gewesen, zu viel gab es zu bereden. Morgens, kurz vor zehn Uhr, sie hatten gerade ihr Frühstück beendet, klingelte das Telefon. Ein Polizist bat sie, schon eine Stunde früher zum Revier zu kommen. Antonia sagte zu und drängte „ihre Männer" zu einem schnellen Aufbruch. Und dieses Mal nahmen sie das Auto.

Auf der Wache

Die Wachstube platzte aus allen Nähten, als Antonia und Cornelius, Leander, Jonathan und Lasse Hansen hereinkamen. Nach der Begrüßung sorgte ein Beamter für genug Stühle. Erst jetzt ging die Befragung los. Jonathan und Antonia erzählten die ganze Geschichte und baten darum, den ehemaligen Pastor – Herrn Johannsen – als weiteren Zeugen auf das Revier zu bitten.

Der Pastor, mittlerweile ein alter Mann, fuhr nicht mehr selbst Auto, so dass Antonia ihn in Arnis abholte. Unterwegs brachte sie ihn in Kurzform auf den neuesten Stand der Dinge.

„Was für ein Teufelskerl, dieser Jonathan", meinte er und: „Er war schon als Konfirmand unglaublich neugierig auf alles, was mit der Kirche zusammenhing. Seine Mutter kam oft mit ihm in den Gottesdienst. Und im Konfirmandenunterricht fragte er mir die sprichwörtlichen Löcher in den Bauch." Der alte Mann hielt einen Moment inne, überlegte und sagte dann traurig:

„Warum ist der Junge mit seinem Fund nicht zu mir gekommen? Lag es an Magnuson, mit dem ich in engem Kontakt stand oder lag es an mir? War ich zu streng zu ihm?"

Antonia beruhigte ihn.

„Leander hat versäumt, ihnen von seinem Fund zu erzählen, als sie die Christusfigur anschauten und so fasziniert davon waren. Außerdem wollte er gerne ein Abenteuer erleben. Jungs in dem Alter haben doch solche Träume! Und Magnuson konnte er nie leiden."

Der Pastor lächelte und meinte:

„Wie schön, dass sie Leander so in Schutz nehmen."

Kurz darauf hielt Antonia vor dem Polizeigebäude und sie stiegen aus. Pastor Johannson begrüßte seine alten Konfirmanden ganz herzlich. Jonathan zwinkerte er zu und meinte zu ihm:

„Wie war das noch mit „Du sollst nicht begehren deines Nächsten Hab und Gut...?" Als Jonathan antworten wollte, unterbrach er:

„Deine Freundin Antonia hat mir schon so Einiges erzählt. Natürlich weiß ich, dass du dich nicht an dem Schatz bereichern wolltest, Jonathan!"

Ein Polizeibeamter mischte sich ein:

„Sie können also bestätigen, dass die drei Männer „unseren alten Christus" vor vielen Jahren auf dem Dachboden der Kirche gefunden und Ihnen ausgehändigt haben?"

Pastor Johannson nickte und bat: „Nun erzählt mir

doch bitte, was alles geschehen ist, damit ich mir selbst ein Bild davon machen kann."

Das „ins Bild setzen" des Pastors nahm viel Zeit in Anspruch. Als Antonia dann noch das Vermächtnis seines lange vor ihm gelebten Amtsbruders vorlas, kamen Johannson die Tränen. Alle fühlten sich angerührt von den schlichten Zeilen, aus denen neben der Liebe zu Gott großes Verantwortungsgefühl sprach.

„1773 stand unsere Kirche noch nicht einmal so da wie heute", meinte Antonia und ließ den Brief herumgehen. Ein Hauch der Geschichte wehte durch das schlichte Amtszimmer in Kappeln, als Antonia noch einmal den Brief des Carl von Morgentau vorlas:

Cappelen anno 1773

„Hochwohlgeborener Finder! Anno 1773 ankerten Seeräuber in Höhe der Kirche an der Schlei. An Land erzwangen sie von jedem vorübergehenden Mannsbild eine tiefe Verbeugung. Wer nicht gehorchte, machte mit ihrem Säbel Bekanntschaft. Unsere Frauenzimmer liefen kreischend auseinander und ließen ihre Marktstände zurück. Die Piraten bedienten sich großzügig und nahmen Fisch und Getreide, auch Pökelfleisch und Mehl mit sich. Drei Männer hatten zu schleppen, um ihnen alles an Bord zu bringen. Jedes Frauenzimmer, das sich nicht in Sicherheit gebracht hatte, wurde vor allen Augen gedemütigt, indem die Kerle ihm einen Kuss aufzwangen und ihre Röcke hochhoben. Dabei johlten sie vor Vergnügen. Wir Männer waren wie gelähmt. Und ich, Carl von Morgentau, Pastor der St. Nikolai-Kirche zu Cappelen und Leiter einer kleinen Kommunität, hatte furchtbare Angst um unsere Schätze, die Schätze der heiligen Mutter Kirche. Glücklicherweise konnte mein Novize Johannes entkommen. Zuvor hatte er einen langen Blick mit mir getauscht, und da wusste ich, dass er alles Wertvolle vor den Seeräubern in Sicherheit bringen würde. Meine Gebete begleiteten ihn, und ich empfahl ihm unseren gnädigen Gott zur Bewahrung an..."

Der Beamte, der schon zuvor das Verhör geleitet hatte, holte seine Besucher in die Gegenwart zurück.

„Was mit dem Brief und dem Zeugnis des Carl von Morgentau wird, muss eine andere Stelle entscheiden. Ich möchte etwas ganz anderes wissen: Wo sind die Münzen? Oder gibt es gar keine?"

Jonathan und Antonia lächelten sich an.

„Wir haben natürlich gemerkt, dass wir beobachtet worden sind. Wir sind einfach so lange durch Kappeln gelaufen, bis unser Verfolger keine Lust mehr hatte und seine Schuhsohlen qualmten. Und als wir das Schließfach in der Bank gemietet hatten, war er ja zufrieden und dachte wohl, dass wir nur noch zu unserem Vergnügen herumgehen. Nachdem er einen Anruf bekommen hatte, lief er los und wir konnten endlich machen, was wir wollten."

„Und wir wollten ein Schließfach mieten, allerdings in der Sparkasse. In der Bank hat man nicht schlecht geguckt, als wir um den Schlüssel zu dem gerade eröffneten Schließfach baten", erzählte Antonia. „Na ja, dann nahmen wir alles wieder an uns und ließen nur die leere Kassette zurück." Leander fiel ein:

„Was meint ihr wohl, wie schnell wir drüben in der Sparkasse waren und ein Schließfach eröffneten. In dem Fach mit der wunderbaren Nummer 110 liegt alles, was wir gefunden haben. Papiere und Münzen."

Ein Polizist stand auf und bat Jonathan, mit ihm zur Sparkasse zu fahren, um den Schatz zu holen. Inzwischen unterhielten sich die anderen aufgeregt darüber, was nun mit dem Fund geschehen würde. Man einigte sich darauf, zunächst den amtierenden Schleswiger Gutachter hinzuzuziehen, später die nun tätigen Pastoren der Nikolai-Kirche. Mit ihrem Einverständnis sollte die Presse in die Nikolai-Kirche eingeladen werden. Ganz Kappeln sollte stolz auf den Schatz sein, viel mehr aber noch auf seine mutigen Vorfahren Hannes und Marie Faber, den Novizen Johannes und Carl von Morgentau.

Der große Tag

Es dauerte gar nicht lange, bis der große Tag da war. Die Kappelner Kirche war gut gefüllt. Die Pastoren hatten ihren Vorgänger Johannson in die Mitte genommen, der neue Gutachter, Herr Dr. Jessen, hielt die Schatulle in der Hand, Leander und Antonia die Pergamentbögen.

Auch Annina, Leanders Freundin, war da und strahlte ihren Freund glücklich an. Cornelius, Jonathan und Lasse Hansen standen mit Antonias Eltern und ihrem Nachbarn, Herrn Fock, unter dem damals gefundenen Christus. Als Leander sich im Kirchenraum umschaute, entdeckte er zu seiner großen Freude seinen guten Freund Kuddel, bei dem sie als Kinder die Netze nach Muscheln und Seesternen absuchen durften. Der alte Mann lachte die Jungs von damals an. Und als dann alle drei zu ihm kamen und die Presseleute ein Foto machen, war er nur noch glücklich. Was für ein Tag!

Der Fund der Münzen erregte in der Fachwelt große Aufmerksamkeit. Wäre es Magnuson gelungen, diesen Schatz an sich zu bringen, hätte er in ausgesuchten Hehler-Kreisen viel Geld dafür bekommen können. Was aber viele Menschen wirklich anrührte, waren die Briefe von Hannes Faber und von Carl von Morgentau. Sie galten als ein einzigartiges Zeitzeugnis und erzählten, mit wie viel Herz und Großmut schwere Zeiten gemeistert werden können. Auch der tapfere Novize Johannes fand dankbare Erwähnung.

Leander und Antonia wurden mit einer Ehrenmedaille ausgezeichnet und bekamen einen „Finderlohn". Dieses Geld stifteten sie für eine große Messingtafel, die an Hannes und Marie Faber, Pastor Carl von Morgentau und seinen Novizen Johannes erinnerte. Neben der Tafel, die im Vorraum der Kirche ihren Platz fand, hing eine Abschrift der Geschichte von Hannes und Marie und von den Briefen des Carl von Morgentau und seinem Novizen Johannes.

Genau ein Jahr später heirateten in der Nikolai-Kirche zu Kappeln Leander und Annina gemeinsam mit Antonia und Cornelius. Die Schatten der Vergangenheit waren endgültig gebannt. Vor den Brautpaaren lag eine glückliche Zukunft, in der nur noch der Schatz der gegenseitigen Liebe wichtig war.